MARINA

CARLOS
RUIZ
ZAFÓN

MARINA

Tradução
Eliana Aguiar

EDITORA OBJETIVA LTDA.
Rua Cosme Velho, 103
Rio de Janeiro – RJ – CEP: 22241-090
Tel.: (21) 2199-7824 – Fax: (21) 2199-7825
www.objetiva.com.br

Título original
Marina

Capa
Adaptação de Barbara Estrada sobre capa francesa

Imagem de capa
© Yolande de Kort / Trevillion Images

Revisão
Ana Grillo
Joana Milli

Editoração eletrônica
Abreu's System Ltda.

CIP-BRASIL. CATALOGAÇÃO-NA-FONTE
SINDICATO NACIONAL DOS EDITORES DE LIVROS, RJ

Z22m

Zafón, Carlos Ruiz
Marina / Carlos Ruiz Zafón ; tradução Eliana Aguiar. - Rio de Janeiro : Objetiva, 2011.

Tradução de: *Marina*
190p. ISBN 978-85-60280-76-6

1. Ficção espanhola. I. Aguiar, Eliana. II. Título.

11-5335. CDD: 863
CDU: 821.134.2-3

Uma Nota do Autor

Caro leitor,

Marina foi o quarto romance que publiquei. Foi lançado originalmente na Espanha em 1999 e é provavelmente o meu favorito entre todos os que escrevi. Leitores familiarizados com meus trabalhos posteriores, como *A Sombra do Vento* ou *O Jogo do Anjo*, talvez não saibam que meus primeiros quatro romances foram originalmente publicados como livros juvenis. Ainda que se destinassem principalmente a jovens leitores, minha esperança era de que tivessem apelo para gente de todas as idades. Ao criá-los, eu estava tentando escrever o tipo de romance que gostaria de ter lido na infância, mas que também continuaria a me interessar aos 23, 40 ou 43 anos de idade.

Por anos, os direitos destes livros estiveram "prisioneiros" de uma disputa judicial, mas agora eles podem finalmente ser apreciados por leitores ao redor do mundo. Felizmente, desde a publicação original, estes meus primeiros trabalhos têm sido bem-recebidos por aqueles que são jovens e por aqueles que já não são tão jovens. Procuro acreditar que o ato de contar histórias transcende restrições de idade e espero que os leitores de meus romances adultos se sintam tentados a explorar estas narrativas de magia, mistério e aventura. Por último, para todos os novos leitores, eu espero que vocês também apreciem estes livros enquanto dão início às suas próprias aventuras no mundo da literatura.

Boa viagem,

CARLOS RUIZ ZAFÓN
Fevereiro, 2010

Uma Nota do Autor

Marina me disse um dia que a gente só se lembra do que nunca aconteceu. Ainda ia se passar uma eternidade antes que eu pudesse compreender essas palavras. Mas é melhor começar do início, que nesse caso é o final.

Em maio de 1980, desapareci do mundo por uma semana. No espaço de sete dias e sete noites, ninguém soube do meu paradeiro. Amigos, colegas, professores e até a polícia saíram em busca do fugitivo que alguns já acreditavam morto ou perdido por ruas mal-afamadas, mergulhado em alguma crise de amnésia.

Uma semana depois, um policial à paisana teve a impressão de conhecer aquele garoto; a descrição batia. O suspeito vagava pela estação de Francia como uma alma penada numa catedral de ferro e névoa. O policial me abordou com um ar de romance de terror. Perguntou se meu nome era Óscar Drai e se era o rapaz que havia sumido sem deixar rastros do internato onde estudava. Fiz que sim, sem abrir a boca. Lembro-me do reflexo da abóbada da estação nas lentes de seus óculos.

Sentamos num banco da plataforma. Calmamente, o agente acendeu um cigarro. Deixou queimar sem colocá-lo nos lábios. Disse que tinha um monte de gente esperando para me fazer um monte de perguntas, para as quais era bom que tivesse boas respostas. Concordei de novo. Fitou-me nos olhos, estudando-me. "Às vezes, contar a verdade não é uma boa ideia, Óscar", disse. Estendeu algumas moedas e pediu que eu ligasse para meu tutor no internato. Foi o que fiz. O policial esperou que eu terminasse a ligação. Em seguida, me deu dinheiro para um táxi e me desejou sorte. Perguntei como sabia que eu não ia desaparecer de novo. Ele me olhou longamente. "Só as pessoas que têm algum lugar para ir podem desaparecer", respondeu, sem explicações. Foi comigo até a rua e, lá chegando, despediu-se sem perguntar onde eu tinha estado. Vi quando se afastou pelo Paseo Colón. A fumaça de seu cigarro intacto o seguia como um cão fiel.

Naquele dia, nos céus de Barcelona, o fantasma de Gaudí esculpia nuvens impossíveis sobre um azul que dissolvia o olhar. Peguei um táxi até o internato, onde achei que haveria um pelotão de fuzilamento à minha espera.

Por quatro semanas, professores e psicólogos escolares me martelaram para que eu revelasse meu segredo. Menti, oferecendo a cada um exatamente o que queria ouvir ou podia aceitar. Com o tempo, todos fizeram um esforço para fingir que tinham esquecido o episódio. E eu segui o exemplo. Nunca contei a ninguém a verdade sobre o que tinha acontecido.

Na época, não sabia que, cedo ou tarde, o oceano do tempo nos devolve as lembranças que enterramos nele. Quinze anos depois, a memória daquele dia voltou para mim. Vi aquele menino vagando entre as brumas da estação de Francia e o nome de Marina se acendeu de novo como uma ferida aberta.

Todos temos um segredo trancado a sete chaves no sótão da alma. Este é o meu.

1

No final da década de 1970, Barcelona era uma miragem de avenidas e becos, onde, só de cruzar a soleira de uma portaria ou de um café, uma pessoa poderia viajar para trinta ou quarenta anos antes. O tempo e a memória, a história e a ficção se fundiam como aquarelas na chuva naquela cidade feiticeira. Foi ali, sob o eco de ruas que já não existem, que catedrais e edifícios fugidos de alguma fábula tramaram o cenário desta história.

Na época, eu era um menino de 15 anos que mofava entre as paredes de um internato com nome de santo, nas margens da estrada de Vallvidrera. Naquele tempo, o bairro de Sarriá ainda conservava o aspecto de um pequeno povoado encalhado à margem de uma metrópole modernista. Meu colégio se erguia no alto de uma rua que subia do Paseo de la Bonanova. Sua fachada monumental sugeria mais um castelo do que uma escola. E sua silhueta angulosa de cor barrenta era um quebra-cabeça de torres, arcos e alas em trevas.

O colégio era cercado por uma cidadela de jardins, fontes, tanques lodosos, pátios e pinheirais encantados. Ao seu redor, edifícios sombrios hospedavam piscinas cobertas por um véu fantasmagórico de vapor, ginásios enfeitiçados de silêncio e capelas tenebrosas onde as imagens dos santos sorriam sob o reflexo dos círios. O edifício tinha quatro andares, sem contar os dois porões e o sótão com o claustro, onde viviam os poucos sacerdotes que ainda trabalhavam como professores. Os quartos dos internos se enfileiravam ao longo dos corredores cavernosos do quarto andar. Essas intermináveis galerias jaziam em perpétua penumbra, envoltas por um eco espectral.

Eu passava meus dias sonhando acordado nas salas de aula daquele imenso castelo, esperando pelo milagre que se produzia todo dia às cinco e vinte da tarde. Nessa hora mágica, o sol vestia os altos janelões de ouro líquido. A campainha tocava anunciando o fim das aulas e nós, os internos, dispúnhamos de quase três horas livres antes do jantar no refeitório. A ideia era de que esse tempo deveria ser dedicado aos estudos e à reflexão espiritual. Não me lembro de ter destinado um único dia dos muitos que passei ali a nenhuma dessas nobres tarefas.

Aquele era o meu momento favorito. Driblando o controle da portaria, partia para explorar a cidade. Costumava voltar para o internato, ainda a tempo de jantar, caminhando entre velhas ruas e avenidas enquanto anoitecia ao meu redor. Naqueles longos passeios, experimentava uma sensação de liberdade embriagante. Minha imaginação voava por cima dos edifícios e se erguia até o céu. Por algumas horas, as ruas de Barcelona, o internato e o meu triste dormitório no quarto andar sumiam. Por algumas horas, só com um par de moedas no bolso, eu era o sujeito mais sortudo do universo.

Muitas vezes, meu caminho me levava para aquela área que na época era chamada de deserto de Sarriá e que não era nada mais que um arremedo de bosque perdido numa terra de ninguém. A maioria das antigas mansões senhoriais, que nos bons tempos povoavam o norte do Paseo de la Bonanova, ainda estava de pé, embora em ruínas. As ruas que cercavam o internato traçavam uma cidade fantasma. Muros cobertos de hera vedavam a entrada em jardins selvagens nos quais se erguiam residências monumentais, palácios invadidos pelo mato e pelo abandono, nos quais a memória parecia flutuar como uma névoa que demora a se dissipar. Muitos desses casarões só esperavam a demolição e outros tinham sido saqueados por anos a fio. Alguns, no entanto, ainda estavam habitados.

Seus ocupantes eram membros esquecidos de famílias arruinadas. Uma gente cujo nome se escrevia em quatro colunas no *La Vanguardia*, na época em que os bondes ainda despertavam o temor reservado a invenções modernas. Reféns de um passado moribundo, negavam-se a abandonar o barco à deriva. Temiam que seus corpos se desfizessem em cinzas ao vento se ousassem pôr os pés fora de suas mansões devastadas. Prisioneiros, definhavam à luz dos candelabros. Muitas vezes, quando passava apressado diante das grades enferrujadas de um daqueles portões, eu tinha a impressão de que olhares assustados me acompanhavam por trás das janelas descascadas.

Uma tarde, no fim de setembro de 1979, resolvi me aventurar ao acaso por uma daquelas avenidas semeadas de palacetes modernistas que não tinha reparado antes. A rua descrevia uma curva que terminava num portão de ferro igual a tantos outros. Do outro lado da grade, estendiam-se os restos de um velho jardim marcado por décadas de abandono. Entre a vegetação, entrevia-se a silhueta de um casarão de dois andares. Sua fachada sombria se erguia por trás de uma fonte com esculturas que o tempo tinha vestido de musgo.

Começava a escurecer e o local me pareceu um pouco sinistro: rodeado por um silêncio mortal, só a brisa se atrevia a sussurrar uma advertência sem palavras. Compreendi que tinha penetrado numa das zonas "mortas" do bairro e pensei que o melhor a fazer era voltar atrás e retornar ao internato. Estava me debatendo entre o bom senso e a fascinação mórbida por aquele lugar esquecido, quando descobri dois brilhantes olhos amarelos acesos no meio da escuridão, cravados em mim como punhais. Engoli em seco.

A pelagem cinzenta e aveludada de um gato se recortava imóvel diante das grades do portão da mansão. Um pequeno pardal agonizava entre seus dentes pontiagudos. Um guizo prateado pendia do pescoço do felino. Seu olhar me estudou por alguns segundos. Pouco depois, deu meia-volta e deslizou por entre as barras de ferro. Fiquei olhando enquanto ele se perdia na imensidão daquele éden maldito, levando o pardal em sua última viagem.

A visão daquela pequena fera altiva e desafiadora me cativou. A julgar por seu pelo lustroso e pelo guizo no pescoço, deduzi que tinha dono. Talvez aquela casa hospedasse algo mais que os fantasmas de uma Barcelona desaparecida. Cheguei mais perto e apoiei as mãos nas grades da entrada. O metal estava frio. As últimas luzes do crepúsculo iluminavam o rastro que as gotas do sangue do pardal tinham deixado através daquela selva. Pérolas escarlates desenhavam a trilha do labirinto. Engoli de novo, ou melhor, tentei engolir. Minha boca estava seca. Como se soubesse de alguma coisa que eu ignorava, o sangue latejava em minhas têmporas. Foi nesse instante que senti a porta ceder sob meu peso, e compreendi que estava aberta.

Quando dei o primeiro passo para o interior, a lua iluminava o rosto pálido dos anjos de pedra da fonte. Eles me observavam. Meus pés pareciam pregados no chão. Temia que a qualquer momento aqueles seres pulassem de seus pedestais e se transformassem em demônios armados de garras de lobo e línguas de serpente. Mas nada disso ocorreu. Respirei profundamente, considerando a possibilidade de desligar minha imaginação ou, melhor ainda, abandonar minha tímida exploração daquela propriedade. Mais uma vez, alguém decidiu por mim. Um som celestial invadiu as sombras do jardim como um perfume. Ouvi os contornos daquele sussurro desenharem uma ária acompanhada ao piano. Era a voz mais bonita que eu já tinha ouvido na vida.

A melodia me parecia familiar, mas não consegui identificá-la. A música vinha da casa. Segui seu rastro hipnótico. Lâminas de luz vaporosa se filtravam pela porta entreaberta de uma galeria envidraçada. Reconheci os olhos do gato, fixados em mim do parapeito de um janelão do primeiro andar. Fui me aproximando da galeria iluminada de onde saía aquele som indescritível. Era a voz de uma mulher. O brilho tênue de cem velas bruxuleava no interior. A luz revelava a corneta dourada de um velho gramofone, no qual girava um disco. Sem pensar no que estava fazendo, me peguei invadindo a galeria, fascinado por aquela sereia aprisionada no gramofone. Na mesa onde a engenhoca repousava entrevi um objeto brilhante e esférico. Era um relógio de bolso. Peguei-o e fui examiná-lo à luz das velas. Os ponteiros estavam parados e a tampa, rachada. Parecia de ouro e tão velho quanto a casa em que se encontrava. Um pouco mais adiante havia uma grande poltrona de costas para mim, diante de uma lareira sobre a qual pude apreciar o retrato a óleo de uma mulher vestida de branco. Seus grandes olhos cinzentos, tristes e sem fundo, dominavam a sala.

Subitamente, o encantamento se rompeu. Uma silhueta se ergueu da poltrona e virou na minha direção. Uma longa cabeleira branca e dois olhos acesos como brasas brilharam na escuridão. Só consegui ver duas imensas mãos brancas avançando para mim. Em pânico, saí correndo em direção à porta, mas no caminho tropecei no gramofone e derrubei-o no chão. Ouvi a agulha arranhando o disco. A voz celestial se rompeu num gemido infernal. Saltei para o jardim sentindo aquelas mãos roçarem minha camisa e atravessei-o com asas nos pés e o medo ardendo em cada poro do meu corpo. Não parei um instante sequer. Corri cada vez mais, sem olhar para trás até que uma pontada de dor perfurou minhas costelas e então percebi que mal conseguia respirar. Naquela altura, estava coberto de suor frio e as luzes do internato brilhavam 30 metros à minha frente.

Deslizei por uma porta ao lado das cozinhas, que ninguém nunca vigiava, e me arrastei para o meu quarto. Os outros internos já deviam estar no refeitório há tempos. Sequei o suor da testa e pouco a pouco meu coração recuperou seu ritmo habitual. Começava a me acalmar, quando alguém bateu na porta do quarto com os nós dos dedos.

— Óscar, hora de descer para jantar — entoou a voz de um dos professores, um jesuíta racionalista chamado Seguí, que detestava fazer papel de polícia.

— Já estou indo, padre — respondi. — Um segundo.

Vesti apressadamente o paletó do uniforme e apaguei a luz do quarto. Através da janela, o espectro da lua se erguia sobre Barcelona. Só então me dei conta de que ainda segurava o relógio na mão.

2

Nos dias que se seguiram, o danado do relógio e eu viramos companheiros inseparáveis. Eu o levava comigo para todo lado, colocando-o para dormir embaixo do meu travesseiro, com medo de que alguém o encontrasse e perguntasse de onde ele tinha surgido. Não saberia o que responder. "Tudo isso é porque não foi achado, foi roubado", sussurrava em meu ouvido uma voz acusadora. "O termo técnico é *furto com invasão de domicílio*", acrescentava a voz que, por alguma estranha razão, usava um tom de suspeita semelhante ao do ator que dublava Perry Mason.

Toda noite, esperava pacientemente que todos os meus colegas dormissem para examinar meu tesouro particular. Com a chegada do silêncio, examinava o relógio à luz de uma lanterna. Nem toda a sensação de culpa do mundo conseguiria diminuir a fascinação que o produto de minha primeira aventura no mundo do "crime desorganizado" me causava. O relógio era pesado e parecia forjado em ouro maciço. A tampa de vidro quebrada sugeria uma pancada ou uma queda. Supus que o mesmo impacto teria sido responsável pelo fim da vida de seu mecanismo e pelo congelamento dos ponteiros às 6h23, numa condenação eterna. Na parte de trás lia-se uma inscrição:

Para Germán, em quem fala a luz.
K.A.
19-1-1964

De repente, a ideia de que aquele relógio devia valer uma fortuna cruzou minha cabeça e o remorso não demorou a chegar. Aquelas palavras gravadas faziam com que me sentisse como um ladrão de recordações.

Numa quinta-feira manchada de chuva, resolvi compartilhar meu segredo. Meu melhor amigo no internato era um garoto de olhos penetrantes e temperamento nervoso, que respondia pelo nome de JF, embora essa sigla pouco ou nada tivesse a ver com seu nome real. JF tinha alma de poeta libertário e respostas tão afiadas que muitas vezes cortava a língua com elas. Era de constituição delicada e bastava mencionar a palavra *micróbio* num raio de um quilômetro ao seu redor para que acreditasse que tinha pego uma infecção. Certa vez, procurei o termo *hipocondríaco* no dicionário e fiz uma cópia para ele.

— Não sei se já sabia, mas sua biografia está no Dicionário da Real Academia — anunciei.

Deu uma olhada na fotocópia e me lançou um olhar enviesado.

— Procure na letra "i" de idiota e vai ver que não sou o único famoso por aqui — replicou JF.

Naquele dia, ao meio-dia, na hora do pátio, JF e eu penetramos sorrateiramente no tenebroso auditório. Nossos passos no corredor central despertavam o eco de cem sombras caminhando nas pontas dos pés. Dois raios de luz prateada caíam sobre o palco empoeirado. Fomos nos sentar naquele clarão de luz, diante das fileiras de cadeiras vazias que se fundiam na penumbra. O sussurro da chuva arranhava as vidraças do primeiro andar.

— Bem — atacou JF —, para que todo esse mistério?

Sem dizer uma palavra, tirei o relógio e o estendi para ele. JF arqueou as sobrancelhas e avaliou o objeto. Examinou-o detidamente por alguns segundos, antes de devolvê-lo com olhar intrigado.

— O que acha? — perguntei.

— Bem, parece ser um relógio — replicou JF. — Quem é esse tal de Germán?

— Não tenho a mínima ideia.

Comecei a contar detalhadamente a aventura de dias antes no casarão arruinado. JF ouviu atentamente o relato dos acontecimentos com a paciência e a atenção quase científica que o caracterizavam. Ao final da narrativa, pareceu avaliar o assunto antes de dar suas primeiras impressões.

— Em poucas palavras, você roubou o relógio — concluiu.

— Não é essa a questão — repliquei.

— Teríamos que ver qual é a opinião do tal Germán a esse respeito — acrescentou JF.

— É muito provável que o tal Germán esteja morto há muitos e muitos anos — sugeri, não muito convencido.

JF esfregou o queixo.

— Também me pergunto o que dirá o Código Penal acerca do furto premeditado de objetos pessoais e relógios com dedicatórias... — observou meu amigo.

— Não houve premeditação nem vítimas fatais — protestei. — Tudo aconteceu de repente, nem tive tempo de pensar. Quando percebi que estava com o relógio, já era tarde demais. No meu lugar, você teria feito a mesma coisa.

— Em seu lugar, eu teria sofrido uma parada cardíaca — esclareceu JF, que era antes um homem de palavras do que um homem de ação. — Supondo que fosse louco o suficiente para invadir um casarão atrás de um gato diabólico. Quem pode saber os tipos de germes que se pode pegar de um bicho desses...

Ficamos em silêncio por alguns segundos, ouvindo o eco distante da chuva.

— Bem — concluiu JF —, o que está feito, está feito. Não está pensando em voltar lá, está?

Sorri.

— Sozinho, não.

Os olhos do meu amigo se arregalaram, grandes como pratos.

— Ah, não! Nem pensar.

Naquela mesma tarde, quando as aulas terminaram, JF e eu escapulimos pela porta da cozinha e pegamos a misteriosa rua que levava ao palacete. O calçamento de pedras estava cheio de poças e montes de folhas. Um céu ameaçador cobria a cidade. JF, que não parecia muito convencido, estava mais pálido do que nunca. A visão daquele lugar preso no passado deixava seu estômago do tamanho de uma bolinha de gude. O silêncio era ensurdecedor.

— Acho que a melhor coisa é dar meia-volta e ir embora daqui — murmurou, retrocedendo alguns passos.

— Você parece uma galinha assustada.

— As pessoas não sabem apreciar o valor de uma galinha. Sem ela não teríamos ovos nem...

De repente, o tilintar de um guizo se espalhou no vento. JF emudeceu. Os olhos amarelos do gato nos observavam. De repente, o animal deu um chiado de serpente e mostrou as garras. Os pelos do lombo se eriçaram e sua mandíbula exibiu os mesmos dentes que tinham ceifado a vida de um pardal dias atrás. Um relâmpago distante acendeu uma caldeira de luz na cúpula do céu. JF e eu trocamos um olhar.

Quinze minutos depois estávamos sentados num banco junto ao tanque do claustro do internato. O relógio continuava no bolso do meu casaco. Mais pesado do que nunca.

Ficou ali pelo resto da semana, até a madrugada de sábado. Pouco antes do amanhecer, despertei com a vaga sensação de ter sonhado com a voz presa no gramofone. Do outro lado da minha janela, Barcelona se iluminava numa tela de sombras escarlates, sobre um bosque de antenas e terraços. Pulei da cama e procurei o maldito relógio que tinha assombrado minha existência nos últimos dias. Ficamos nos encarando por um instante. Finalmente, me armei daquele tipo de determinação que só aparece quando temos de enfrentar tarefas absurdas e resolvi acabar de vez com aquela história. Ia devolvê-lo.

Tratei de me vestir em silêncio e atravessei o corredor escuro do quarto andar na ponta dos pés. Ninguém notaria minha ausência até as dez, onze da manhã. E a essa hora eu já devia estar de volta.

Lá fora as ruas se estendiam sob aquele manto púrpura que envolve o amanhecer em Barcelona. Desci até a calle Margenat. Sarriá despertava ao meu redor. Nuvens baixas penteavam o bairro capturando as primeiras luzes do dia num halo dourado. As fachadas das casas se desenhavam entre os vestígios de neblina e as folhas secas que voavam sem rumo.

Não demorei a encontrar a rua. Parei um instante para absorver aquele silêncio, aquela estranha paz que reinava naquele canto perdido da cidade. Começava a sentir que o mundo tinha parado junto com o relógio que estava em meu bolso, quando ouvi um rumor às minhas costas.

Virei e me deparei com uma visão que parecia roubada de um sonho.

3

Uma bicicleta emergia lentamente da bruma. Uma menina usando um vestido branco descia a encosta pedalando na minha direção. Na contraluz do amanhecer, eu podia adivinhar a silhueta de seu corpo através do algodão. Uma longa cabeleira cor de feno ondeava escondendo o rosto. Fiquei ali, imóvel, contemplando-a enquanto se aproximava, como um imbecil com ataque de paralisia. A bicicleta parou a uns 2 metros de mim. Meus olhos, ou talvez minha imaginação, adivinharam o contorno de pernas esguias tentando alcançar o chão. Meu olhar subiu por aquele vestido que parecia saído de um quadro de Sorolla e foi parar num par de olhos de um cinza tão profundo que alguém poderia cair lá dentro. Estavam cravados em mim com olhar sarcástico. Sorri e ofereci minha melhor cara de idiota.

— Você deve ser o cara do relógio — disse a menina num tom que combinava com a força de seu olhar.

Calculei que devia ter a minha idade, talvez um ano a mais. Adivinhar a idade de uma mulher era, para mim, uma arte ou uma ciência, nunca um passatempo. Sua pele era tão pálida quanto o vestido.

— Você mora aqui? — gaguejei, indicando o portão.

Ela mal piscou. Aqueles dois olhos me perfuravam com tanta fúria que precisei de mais duas horas para me dar conta de que, no que me dizia respeito, aquela era a criatura mais deslumbrante que eu tinha visto na vida ou que esperava ver um dia. E ponto final.

— E quem é você para perguntar?

— Acho que eu sou o cara do relógio — improvisei. — Meu nome é Óscar. Óscar Drai. Vim devolver.

Sem lhe dar tempo para responder, tirei o relógio do bolso e estendi a mão. A menina sustentou meu olhar por alguns segundos antes de pegá-lo.

Quando fez isso, vi que sua mão era tão branca quanto a de um boneco de neve e que exibia um aro dourado no dedo anular.

— Já estava quebrado quando peguei — expliquei.

— Está quebrado há 15 anos — murmurou sem olhar para mim.

Quando afinal levantou os olhos, foi para me examinar de cima a baixo, como quem avalia um móvel velho ou um traste qualquer. Algo em seus olhos me disse que não dava muito crédito à minha qualificação como ladrão: provavelmente estava me catalogando na seção dos cretinos ou simplesmente bobos. A cara de lunático que eu exibia não ajudava muito. A menina levantou uma sobrancelha ao mesmo tempo que sorria enigmaticamente e me estendia o relógio de volta.

— Foi você quem pegou, é você quem vai devolver ao legítimo dono.

— Mas...

— O relógio não é meu — esclareceu a menina. — É de Germán.

A menção daquele nome invocou a visão da figura enorme de cabeleira branca que me surpreendeu na galeria do casarão dias antes.

— Germán?

— Meu pai.

— E você é...? — perguntei.

— Filha dele.

— Quero dizer, como é o seu nome?

— Eu sei perfeitamente o que você queria dizer — replicou a menina.

Sem uma palavra, montou na bicicleta e cruzou o portão da entrada. Antes de se perder no jardim, virou-se brevemente. Aqueles olhos estavam rindo da minha cara às gargalhadas. Suspirei e fui atrás dela. Um velho conhecido me deu as boas-vindas. O gato olhava para mim com o desprezo habitual. Desejei ser um dobermann.

Atravessei o jardim escoltado pelo felino. Fui desviando daquela selva até chegar à fonte dos querubins. A bicicleta estava encostada na fonte e sua dona tirava uma bolsa do cesto que ficava na frente do guidom. Cheirava a pão fresco. A menina tirou uma garrafa de leite da sacola e se ajoelhou para encher uma tigela que estava no chão. O animal correu disparado para o seu café da manhã. Dava a impressão de que aquilo era um ritual diário.

— Pensei que seu gato só comesse passarinhos indefesos — disse.

— Não, ele só caça. Não come. É uma questão territorial — explicou como se estivesse falando com uma criança. — Ele gosta é de leite. Não é verdade, Kafka, que você gosta de leite?

O kafkiano felino lambeu os dedos em sinal afirmativo. A menina sorriu calorosamente, enquanto acariciava o dorso do animal. Quando fez isso, os músculos de suas costas se desenharam nas dobras do vestido. Exatamente nesse instante, ela se virou e me surpreendeu olhando para ela e lambendo os lábios.

— E você? Já tomou seu café da manhã? — perguntou.

Neguei com a cabeça.

— Então deve estar com fome. Todos os bobos têm fome — disse. — Venha, entre e coma alguma coisa. É bom estar de estômago cheio quando for explicar a Germán por que roubou o relógio dele.

A cozinha era uma sala grande situada na parte de trás da casa. Os croissants que a jovem tinha comprado na pastelaria Foix, na Plaza Sarriá, constituíram a minha inesperada refeição. Trouxe também uma xícara enorme de café com leite e sentou-se na minha frente enquanto eu devorava aquele banquete com avidez. Olhava para mim como se tivesse recolhido um mendigo faminto da rua, com uma mescla de curiosidade, pena e medo. Ela mesma não tocou na comida.

— Já tinha visto você por aí algumas vezes — comentou sem tirar os olhos de cima de mim. — Você e aquele garoto pequeno com cara de susto. Costumam atravessar a rua à tarde quando o internato dá uma folga. Às vezes, você vem sozinho, cantarolando distraído. Aposto que passam muito bem naquela masmorra...

Estava prestes a dar alguma resposta engenhosa, quando uma sombra imensa se espalhou sobre a mesa como uma nuvem de tinta. Minha anfitriã levantou os olhos e sorriu. Eu fiquei imóvel, com a boca cheia de croissant e os pulsos batendo como um par de castanholas.

— Temos visita — anunciou ela, divertida. — Papai, esse é Óscar Drai, contumaz ladrão de relógios. Óscar, esse é Germán, meu pai.

Engoli de uma só vez e me virei lentamente. Uma silhueta que me pareceu altíssima se erguia bem na minha frente. Vestia um terno de alpaca, com colete e gravata. Uma cabeleira branca penteada caprichosamente para trás caía sobre seus ombros. Um bigode branco pintava o rosto marcado por ângulos cortantes ao redor dos olhos escuros e tristes. Mas o que realmente o definia eram as mãos. Mãos brancas de anjo, de dedos finos e intermináveis. Germán...

— Não sou ladrão, senhor... — articulei nervosamente. — Tudo isso tem explicação. Se me atrevi a penetrar em sua casa foi porque pensei que estava desabitada. Mas uma vez dentro, não sei o que me deu, ouvi aquela música, vou, não vou, o caso é que fui e vi o relógio. Não pretendia pegá-lo, juro, mas me assustei e quando percebi que tinha carregado o relógio comigo já estava bem longe daqui. Quer dizer, não sei se expliquei direito...

A menina sorria maliciosamente. Os olhos de Germán pousaram nos meus, escuros e impenetráveis. Remexi no bolso e estendi o relógio para ele, esperando que a qualquer momento aquele homem começasse a berrar e ameaçasse chamar a polícia, a guarda civil ou o tribunal tutelar da infância e juventude.

— Acredito em você — disse ele delicadamente, aceitando o relógio e sentando-se à mesa conosco.

Sua voz era suave, quase inaudível. Sua filha começou a arrumar um prato para ele com dois croissants e uma xícara de café com leite igual à minha. Enquanto fazia isso, beijou-o na testa e Germán abraçou-a. Fiquei olhando os dois na contraluz daquela claridade que penetrava pelas janelas. O rosto de Germán, que imaginei como um ogro, tornou-se delicado, quase doentio. Era alto e extremamente magro. Sorriu com amabilidade enquanto levava a xícara aos lábios e, por um instante, notei que entre pai e filha circulava uma corrente de afeto que ia muito além das palavras e dos gestos. Um vínculo de silêncio e olhares unia os dois nas sombras daquela casa, no final de uma rua esquecida, onde viviam afastados do mundo, um cuidando do outro.

Germán terminou sua refeição e agradeceu gentilmente por eu ter me dado ao trabalho de ir devolver seu relógio. Tanta amabilidade fez com que me sentisse ainda mais culpado.

— Bem, Óscar — disse com voz cansada —, foi um prazer conhecê-lo. Espero revê-lo por aqui outras vezes, quando quiser nos dar o prazer de uma visita.

Não entendia por que insistia em me tratar com cerimônia. Havia algo naquele homem que lembrava outra época, um tempo em que aquela cabeleira grisalha brilhava e aquele casarão era um palácio no meio do caminho entre Sarriá e o céu. Apertou minha mão e despediu-se, desaparecendo naquele labirinto insondável. Fiquei olhando enquanto ele se afastava, mancando levemente pelo corredor. Sua filha o observava tentando ocultar o véu de tristeza que encobria seu olhar.

— Germán não está muito bem de saúde — murmurou. — Ele se cansa com facilidade.

Mas desmanchou aquele clima melancólico logo em seguida.

— Gostaria de comer mais alguma coisa?

— Está ficando tarde — disse eu, lutando contra a tentação de aceitar qualquer desculpa para prolongar minha permanência em sua companhia. — Creio que é melhor eu ir embora...

Ela aceitou minha decisão e me acompanhou até o jardim. A luz da manhã tinha espalhado a névoa. O início do outono tingia as árvores de cobre. Caminhamos até a grade da entrada; Kafka ronronava ao sol. Ao chegar ao portão, a menina ficou no interior da propriedade e me deu passagem. Ficamos nos olhando em silêncio. Ofereceu a mão e eu a apertei. Senti seu pulso sob a pele aveludada.

— Obrigado por tudo — disse. — E desculpe...

— Não tem importância.

Dei de ombros.

— Bem...

Saí caminhando rua abaixo, sentindo que a magia daquela casa se desprendia de mim a cada passo que dava. De repente, sua voz soou às minhas costas.

— Óscar!

Virei. Ela continuava lá, atrás da grade, com Kafka deitado a seus pés.

— Por que entrou na nossa casa na outra noite?

Olhei ao redor como se esperasse encontrar a resposta escrita no chão.

— Não sei — admiti finalmente. — O mistério, creio...

A menina sorriu enigmaticamente.

— Você gosta de mistérios?

Fiz que sim. Acho que se tivesse me perguntado se gostava de arsênico, minha resposta seria a mesma.

— Tem alguma coisa para fazer amanhã?

Neguei, igualmente mudo. Se tinha alguma coisa, inventaria uma desculpa. Como ladrão, eu não valia um centavo, mas como mentiroso devo confessar que sempre fui um artista.

— Então espero você aqui, às nove — disse ela, perdendo-se entre as sombras do jardim.

— Espere!

Meu grito a deteve.

— Você não me disse como se chama...

— Marina... Até amanhã.

Cumprimentei com a mão, mas ela já tinha evaporado. Esperei em vão que Marina voltasse a aparecer. O sol roçava a cúpula do céu e calculei que os ponteiros deviam rondar as doze badaladas do meio-dia. Quando me convenci de que Marina não ia aparecer, voltei para o internato. Os velhos portões do bairro pareciam sorrir, cúmplices. Eu ouvia o eco de meus passos, mas poderia jurar que estava andando a um palmo do chão.

4

Acho que nunca fui tão pontual em minha vida. A cidade ainda estava de pijama quando cruzei a Plaza Sarriá. À minha passagem, um bando de pombos levantou voo ao toque dos sinos da missa das nove. Um sol de folheto publicitário iluminava as poças deixadas pela chuvinha noturna. Kafka tinha se adiantado para me receber no início da rua que levava ao casarão. Um grupo de pardais se mantinha a uma distância prudente, no alto de um muro. O gato os observava com uma estudada indiferença profissional.

— Bom dia, Kafka. E então, já cometemos algum assassinato esta manhã?

O gato respondeu com um mero rom-rom e, como se fosse um imperturbável mordomo inglês, tratou de me guiar através do jardim até a fonte. Reconheci a silhueta de Marina sentada na beirada, com um vestido cor de marfim que deixava os ombros descobertos. Segurava um livro com encadernação de couro, no qual escrevia com uma esferográfica. Seu rosto delatava uma grande concentração, ela não percebeu minha presença. Sua mente parecia estar em outro mundo, o que permitiu que a contemplasse, abobalhado, por alguns instantes. Concluí que aquelas clavículas só podiam ter sido desenhadas por Leonardo da Vinci: não havia outra explicação. Ciumento, Kafka rompeu a magia com um miado. A esferográfica parou de repente e os olhos de Marina se ergueram até os meus. Em seguida, ela fechou o livro.

— Preparado?

Marina me guiou pelas ruas de Sarriá, sem um destino conhecido e sem qualquer indício de suas intenções além de um sorriso misterioso.

— Para onde estamos indo? — perguntei depois de vários minutos.

— Paciência. Já vai ver.

Continuei a segui-la docilmente, embora abrigasse a suspeita de estar sendo vítima de alguma brincadeira que, pelo menos por enquanto, não conseguia compreender. Descemos até o Paseo de la Bonanova e, de lá, viramos em direção a San Gervasio. Passamos diante do buraco negro do bar Víctor. Entrincheirados atrás dos óculos escuros, um bando de mauricinhos empunhava suas cervejas, indolentemente sentados no selim de suas vespas. Quando passamos, vários deles puxaram os ray-ban até a ponta do nariz para fazer uma radiografia de Marina. "Tomara que explodam!", pensei.

Assim que chegamos à rua Dr. Roux, Marina dobrou à direita. Descemos várias quadras até uma pequena viela sem asfalto, que começava na altura do número 112. O enigmático sorriso continuava a dançar nos lábios de Marina.

— É aqui? — perguntei intrigado.

A ruazinha não parecia levar a parte alguma. Marina se limitou a seguir em frente. Levou-me por um caminho que subia até um portal ladeado por ciprestes. Mais adiante, um jardim encantado povoado de lápides, cruzes e mausoléus cobertos de mofo empalidecia sob as sombras azuladas. O velho cemitério de Sarriá.

O cemitério de Sarriá é um dos lugares mais escondidos de Barcelona. Quem procurar no mapa, não vai achar nada. Se perguntar a vizinhos ou taxistas, é mais provável que não saibam dizer, embora todos já tenham ouvido falar dele. E se alguém, por acaso, se atrever a procurar por conta própria, é mais provável que se perca. Os poucos que conhecem o segredo de sua localização suspeitam que, na verdade, o velho cemitério não seja mais do que uma ilha do passado que aparece e desaparece a seu bel-prazer.

Esse foi o cenário que Marina escolheu para me levar naquele domingo de setembro para revelar um mistério que me intrigava tanto quanto ela. Seguindo suas instruções, nos acomodamos numa espécie de terraço, discreto e elevado, na ala norte do terreno. De lá, tínhamos uma boa visão do solitário cemitério. Ficamos sentados em silêncio contemplando tumbas e flores murchas. Marina não dava um pio e, depois de alguns minutos, comecei a ficar impaciente. O único mistério que via em tudo aquilo era saber que diabos estávamos fazendo ali.

— Isso está meio morto, não? — sugeri, consciente da ironia.

— A paciência é a mãe da ciência — replicou Marina.

— E a madrinha da demência — devolvi. — Não tem nada de nada aqui.

Marina me deu uma olhada que não consegui decifrar.

— Está enganado. Aqui estão as lembranças de centenas de pessoas, suas vidas, seus sentimentos, suas ilusões, sua ausência, os sonhos que nunca conseguiram realizar, as decepções, os enganos e os amores não correspondidos que envenenaram suas vidas... Tudo isso está aqui, preso para sempre.

Olhei para ela intrigado e um tanto intimidado, embora não soubesse exatamente do que estava falando. Fosse como fosse, era importante para ela.

— Ninguém entende nada da vida enquanto não entender a morte — acrescentou Marina.

Mais uma vez, fiquei sem entender direito o sentido de suas palavras.

— A verdade é que não penso muito nisso — disse. — Quer dizer, na morte. Pelo menos não a sério...

Marina sacudiu a cabeça como um médico que detecta sintomas de uma enfermidade fatal.

— Quer dizer que você é um daqueles inocentes desprevenidos... — comentou com um certo ar de cilada.

— Os desprevenidos?

Agora sim estava perdido. Cem por cento perdido.

Marina deixou o olhar deslizar para longe e seu rosto adquiriu um tom de seriedade que fazia com que parecesse mais velha. Eu estava completamente hipnotizado por ela.

— Suponho que nunca ouviu falar da lenda — começou Marina.

— Lenda?

— Já imaginava... — sentenciou. — O caso é que, segundo dizem, a morte tem emissários que andam pelas ruas em busca dos ignorantes e dos cabeças de vento que não pensam nela.

Ao dizer isso, cravou suas pupilas nas minhas.

— Quando um desses infelizes se encontra com um emissário da morte — continuou Marina — é levado sem saber para uma armadilha. Uma porta do inferno. Esses emissários andam com o rosto coberto para esconder que não têm olhos, mas apenas dois buracos negros habitados por vermes. Quando já não há mais escapatória, o emissário revela seu rosto e a vítima compreende o horror que a espera...

Suas palavras flutuaram com o eco, enquanto meu estômago encolhia.

Foi então que Marina deixou escapar aquele seu sorriso malicioso. Sorriso de gato.

— Você está zombando de mim — disse eu, finalmente.

— É claro.

Passaram-se mais cinco ou dez minutos em silêncio, talvez mais. Uma eternidade. Uma brisa leve roçava os ciprestes. Duas pombas brancas esvoaçavam entre os túmulos. Uma formiga subia pela perna da minha calça. E mais nada. Logo senti que minha perna estava ficando dormente e fiquei com medo que o cérebro seguisse o mesmo caminho. Estava quase protestando quando Marina levantou a mão, obrigando-me a calar antes mesmo de ter aberto a boca. Em seguida, apontou para o portão do cemitério.

Alguém acabava de entrar. O vulto parecia ser uma dama coberta por uma capa de veludo preto. Um capuz escondia o rosto. As mãos, cruzadas no peito, mergulhadas em luvas da mesma cor da capa, que ia até o chão e não permitia que se vissem os pés. De onde estávamos, parecia que aquela figura sem rosto se deslocava sem tocar o solo. Por alguma razão, senti um calafrio.

— Quem...? — sussurrei.

— Pssst — cortou Marina.

Escondidos atrás das colunas do terraço, ficamos espiando a dama de negro. Ela avançava entre os túmulos como uma aparição, segurando uma rosa vermelha entre os dedos enluvados. A flor parecia uma ferida recém-aberta esculpida a punhal. A mulher se aproximou de uma lápide que ficava logo abaixo de nosso posto de observação e parou, de costas para nós. Pela primeira vez, notei que aquele túmulo, ao contrário de todos os outros, não tinha nenhum nome. Exibia apenas uma inscrição gravada no mármore: um símbolo que parecia representar um inseto, uma borboleta negra com as asas abertas.

A dama de negro permaneceu em silêncio por quase cinco minutos ao pé do túmulo. Finalmente, inclinou-se, depositou a rosa vermelha na lápide e foi embora lentamente, assim como tinha vindo. Como uma aparição.

Marina olhou para mim de um jeito nervoso e aproximou-se para cochichar alguma coisa em meu ouvido. Senti seus lábios roçando minha orelha e uma lagarta com patinhas de fogo começou a dançar um samba em minha nuca.

— Encontrei-a por acaso há três meses, quando vim com Germán para depositar flores no túmulo de sua tia Reme... Ela vem todo último domingo do mês às dez da manhã e deixa uma rosa vermelha sobre essa lápide — explicou Marina. — Usa sempre a mesma capa com capuz e luvas. Vem sempre sozinha. Nunca mostra o rosto. Nunca fala com ninguém.

— Quem está enterrado aí?

O estranho símbolo entalhado no mármore despertava minha curiosidade.

— Não sei. No registro do cemitério não aparece nenhum nome...

— E quem é essa mulher?

Marina ia responder quando viu a silhueta da dama de negro desaparecendo pelo portão do cemitério. Puxou-me com a mão e levantou apressada.

— Rápido. Vamos perdê-la.

— Então vamos segui-la? — perguntei.

— Você não queria ação? — disse ela, a meio caminho entre a pena e a irritação, como se eu fosse um bobo.

Quando chegamos à rua Dr. Roux, a mulher de negro estava caminhando em direção à Bonanova. Tinha voltado a chover, embora o Sol teimasse em não se esconder. Seguimos a mulher através daquela cortina de lágrimas de ouro. Cruzamos o Paseo de la Bonanova e subimos até o sopé das montanhas, povoado de palacetes e mansões que já tinham conhecido tempos melhores. A dama penetrou naquela rede de ruas desertas. Um manto de folhas secas cobria o chão, brilhantes como as escamas abandonadas de uma grande serpente. Quando chegou a um cruzamento, ela se deteve, uma estátua viva.

— Ela nos viu... — sussurrei, refugiando-me com Marina atrás de um grosso tronco de árvore sulcado de inscrições.

Por um instante, temi que ela fosse se virar e nos ver. Mas não. Em pouco tempo, dobrou à esquerda e desapareceu. Marina e eu nos entreolhamos e recomeçamos nossa perseguição. Seu rastro nos levou a uma viela sem saída cortada pelo trecho descoberto dos trilhos da estrada de ferro de Sarriá, que subiam até Vallvidrera e Sant Cugat. Paramos ali. Não havia sinal da dama de negro, embora eu tivesse visto, e Marina também, quando ela dobrou naquela altura. Por cima das árvores e dos telhados das casas, viam-se as torres do internato a distância.

— Deve ter entrado em casa — comentei. — Deve morar aqui por perto.

— Não. Essas casas estão desabitadas. Ninguém vive aqui.

Marina indicou as fachadas ocultas atrás de cercas e muros. Um par de velhos armazéns abandonados e um casarão devorado pelas chamas décadas antes era tudo o que restava de pé. A dama de negro tinha virado fumaça debaixo dos nossos narizes.

Seguimos pela viela. Uma poça refletia uma lâmina de céu aos nossos pés. Gotas de chuva turvavam a nossa imagem. No final da rua, um portão de madeira balançava movido pelo vento. Marina olhou para mim em silêncio. Chegamos mais perto e cuidadosamente me debrucei para dar uma olhada. O portão, preso num muro de ladrilhos vermelhos, dava para um pátio. O que em outra época era um jardim agora estava completamente tomado pelas ervas daninhas. Por trás daquela massa verde, adivinhava-se a fachada de um estranho edifício coberto de hera. Demorei alguns segundos para entender que se tratava de uma estufa de vidro armada sobre um esqueleto de aço. As plantas rangiam como um enxame à espreita.

— Você primeiro — convidou Marina.

Enchendo-me de coragem, penetrei no matagal. Sem nenhum aviso prévio, Marina pegou minha mão e seguiu atrás de mim. Senti meus passos afundando naquele manto de matéria vegetal. A imagem de um emaranhado de serpentes obscuras com olhos escarlates me passou pela cabeça. Evitando a selva de galhos hostis que arranhavam a pele, chegamos a uma clareira bem na frente da estufa. Lá chegando, Marina largou minha mão para contemplar a sinistra construção. A hera estendia uma teia de aranha sobre toda a estrutura. A estufa parecia um palácio sepultado nas profundezas de um pântano.

— Acho que ela nos despistou — concluí. — Ninguém coloca os pés nesse lugar há anos.

Mesmo a contragosto, Marina me deu razão. Deu uma última olhada para a estufa com um ar de decepção. "As derrotas caem melhor em silêncio", pensei comigo.

— Venha, vamos sair daqui — sugeri, oferecendo a mão na esperança de que a pegasse de novo para atravessar o matagal.

Marina ignorou-a e, franzindo a testa, se afastou para rodear a estufa. Suspirei e fui atrás dela sem muita vontade. Aquela menina era mais teimosa do que uma mula.

— Marina — comecei — aqui não...

Encontrei-a na parte traseira da estufa, diante do que parecia ser uma entrada. Ela olhou para mim e ergueu a mão até a vidraça. Limpou a sujeira que cobria uma inscrição no vidro. Reconheci a mesma borboleta negra que marcava o túmulo anônimo do cemitério. Marina pousou a mão sobre ela. A porta cedeu lentamente. Pude sentir o hálito infecto e adocicado que vinha lá de dentro. Era um fedor de pântanos e poços envenenados. Desobedecendo ao pouco de bom senso que ainda restava em minha cabeça, penetrei naquelas trevas.

5

Um cheiro fantasmagórico de perfume e madeira velha flutuava nas sombras. O chão, de terra fresca, transpirava umidade. Espirais de vapor dançavam até a cúpula de vidro. A condensação daquelas nuvens sangrava gotas invisíveis na escuridão. Um som estranho palpitava além do meu campo de visão. Um murmúrio metálico como se fosse uma persiana agitada.

Marina avançava lentamente. A temperatura era morna, úmida. Notei que minha roupa estava grudada na pele e que uma película de suor brotava na minha testa. Virei para Marina e comprovei, a meia-luz, que o mesmo estava acontecendo com ela. Aquele murmúrio sobrenatural continuava a se agitar nas sombras. Parecia vir de todos os lados.

— O que será isso? — sussurrou Marina, com uma ponta de medo na voz.

Sacudi os ombros. Continuamos a penetrar na estufa. Paramos no local para onde convergiam os feixes de luz que se filtravam do teto. Marina ia dizer alguma coisa quando ouvimos de novo aquele matraquear sinistro. Perto. A menos de 2 metros. Imediatamente acima de nossas cabeças. Trocamos um olhar mudo e, lentamente, levantamos os olhos para a área mergulhada na sombra do teto da estufa. Senti a mão de Marina se fechando sobre a minha com força. Tremia. Tremíamos.

Estávamos cercados. Várias silhuetas angulosas pendiam do nada. Identifiquei uma dúzia, talvez mais. Pernas, braços, mãos e olhos brilhando nas trevas. Um rebanho de corpos inertes se balançava sobre nós como marionetes infernais. Ao roçar uns com os outros, produziam aquele ruído metálico. Demos alguns passos para trás e, antes que pudéssemos perceber o que acontecia, o tornozelo de Marina ficou preso numa alavanca ligada a um sistema de roldanas. A alavanca cedeu. Num décimo de segundo, aquele exército de figuras congeladas despencou no vazio. Saltei para cobrir Marina e ambos caímos de bruços. Ouvi o eco de um tranco violento e o rugido da velha estrutura de vidro vibrando. Tive medo que as placas de vidro quebrassem e uma chuva de lâminas transparentes nos pregasse no chão. Naquele momento senti um contato frio na nuca. Dedos.

Abri os olhos. Um rosto sorria para mim. Olhos brilhantes e amarelos cintilavam, sem vida. Olhos de vidro num rosto esculpido em madeira laqueada. Naquele instante, ouvi Marina sufocar um grito ao meu lado.

— São bonecos — disse, quase sem fôlego.

Levantamos para verificar a verdadeira natureza daqueles seres. Marionetes. Figuras de madeira, metal e cerâmica, suspensas pelos mil fios pendentes de uma treliça. A alavanca, acionada por Marina sem querer, tinha destravado o mecanismo de roldanas que sustentava os bonecos, que despencaram e pararam a três palmos do chão, balançando como um macabro balé de enforcados.

— Que droga é essa? — exclamou Marina.

Examinei o grupo de bonecos. Reconheci uma figura fantasiada de mago, um policial, uma grande dama de roupa grená e um hércules de circo... Tinham sido construídos em escala real e vestiam luxuosos trajes de gala de baile de máscaras, que o tempo tinha transformado em farrapos. Mas havia neles alguma coisa que os unificava, que lhes dava uma estranha qualidade que indicava uma origem comum.

— Estão inacabados — descobri.

Marina captou no ato o que eu estava querendo dizer. Alguma coisa faltava em cada um daqueles seres. O policial não tinha braços. A bailarina não tinha olhos, só duas órbitas vazias.. O mago não tinha boca, nem mãos... Examinamos as figuras balançando-se na luz espectral. Marina se aproximou da bailarina e examinou-a cuidadosamente. Apontou uma pequena marca em sua testa, bem embaixo da raiz de seu cabelo de boneca. A borboleta negra, de novo. Marina estendeu a mão para a marca. Seus dedos tocaram o cabelo e Marina retirou a mão bruscamente. Percebi que era um gesto de repugnância.

— É cabelo... de verdade — disse.

— Impossível.

Começamos a examinar cada uma das sinistras marionetes e encontramos a mesma marca em todas elas. Acionei outra vez a alavanca e o sistema de roldanas levantou os corpos de novo. Vendo-os subir assim, inertes, pensei que eram almas mecânicas que partiam para se unir a seu criador.

— Parece que tem alguma coisa ali — disse Marina, às minhas costas.

Virei e vi que estava apontando para um canto da estufa, onde se distinguia uma velha escrivaninha. Uma fina capa de poeira cobria a superfície. Uma aranha passou correndo deixando um rastro de minúsculas pegadas. Ajoelhei e soprei a película de pó. Uma nuvem cinzenta se ergueu no ar. Sobre a escrivaninha havia um volume com encadernação de couro, aberto no meio. Com uma linda caligrafia, lia-se embaixo de uma velha fotografia de cor sépia colada no papel: "Arles, 1903". A imagem mostrava duas meninas siamesas unidas pelo tronco. Exibindo vestidos de gala, as duas irmãs ofereciam à câmera o sorriso mais triste do mundo.

Marina virou as páginas. O caderno era um álbum de fotografias normal e corriqueiro. Mas as imagens que continha nada tinham de normal e menos ainda de corriqueiro. A imagem das meninas siamesas era um prelúdio. Os dedos de Marina viraram uma folha atrás da outra para contemplar as fotos, com uma mistura de fascínio e repulsa. Dei uma olhada e senti um estranho formigamento na espinha dorsal.

— Fenômenos da natureza — murmurou Marina. — Pessoas com má formação, que antigamente eram relegadas aos circos...

O reverso obscuro da natureza exibia seu rosto monstruoso. Almas inocentes presas no interior de corpos horrivelmente deformados. Por alguns minutos, passamos as páginas daquele álbum em silêncio. Uma a uma, as fotografias mostravam, sinto dizer isso, criaturas de pesadelo. Contudo, as deformações físicas não conseguiam ofuscar os olhares de desolação, de horror e solidão que ardiam naqueles rostos.

— Meu Deus... — sussurrou Marina.

As fotografias eram legendadas, com o ano e a procedência da foto: Buenos Aires, 1893. Bombaim, 1911. Turim, 1930. Praga, 1933... Era difícil para mim adivinhar quem, e por que, havia reunido semelhante coleção. Um catálogo do inferno. Finalmente, Marina tirou os olhos do livro e se afastou nas sombras. Tratei de fazer o mesmo, mas me sentia incapaz de me afastar da dor e do horror que aquelas imagens transpiravam. Poderia viver mil anos e nunca esqueceria o olhar de cada uma daquelas criaturas. Fechei o livro e virei para Marina. Ouvi sua respiração na penumbra e me senti insignificante, sem saber o que fazer, o que dizer. Alguma coisa naquelas fotos tinha perturbado Marina profundamente.

— Está tudo bem? — perguntei.

Marina fez que sim em silêncio, com os olhos quase fechados. De repente, alguma coisa ressoou na sala. Explorei o manto de sombras que nos cercava.

Ouvi de novo aquele som inclassificável. Hostil. Maligno. Foi então que senti um cheiro de podre, nauseabundo e penetrante. Vinha da escuridão, como o hálito de um animal selvagem. Tive a certeza de que não estávamos sozinhos. Havia mais alguém ali. Obsevando-nos. Petrificada, Marina contemplava a muralha de trevas. Peguei sua mão e guiei-a até a saída.

6

Quando saímos de lá, a garoa tinha vestido as ruas de prata. Era uma da tarde. Fizemos o caminho de volta sem trocar uma palavra. Na casa de Marina, Germán nos esperava para almoçar.

— Não diga nada a Germán sobre isso, por favor — pediu Marina.

— Não se preocupe.

Percebi que, de qualquer jeito, não saberia explicar o que tinha acontecido. À medida que nos afastávamos do local, a lembrança daquelas imagens e daquela estufa sinistra foi se atenuando. Quando chegamos na Plaza Sarriá, vi que Marina estava pálida e respirava com dificuldade.

— Você está bem? — perguntei.

Marina disse que sim, não muito convencida. Sentamos num banco da praça. Ela respirou profundamente várias vezes, com os olhos fechados. Um bando de pombos saltitava a nossos pés. Por um instante, temi que Marina fosse desmaiar. De repente, ela abriu os olhos e sorriu para mim.

— Não se assuste. Só fiquei um pouco enjoada. Deve ter sido aquele cheiro.

— Com certeza. Provavelmente era algum bicho morto. Uma ratazana ou...

Marina concordou com essa hipótese. Em pouco tempo, a cor voltou a seu rosto.

— O que está me fazendo falta é comer alguma coisa. Ande, vamos embora. Germán já deve estar cansado de esperar.

Levantamos e tomamos o caminho de sua casa. Kafka esperava no portão. Olhou para mim com desprezo e correu para se esfregar nos tornozelos de Marina. Estava eu pensando nas vantagens de ser um gato, quando reconheci o som daquela voz celestial no gramofone de Germán. A música se filtrava pelo jardim como uma maré alta.

— Que música é esta?

— Léo Delibes — respondeu Marina.

— Nem desconfio...

— Delibes. Um compositor francês — esclareceu Marina, adivinhando meu desconhecimento. — O que ensinam a vocês nessas escolas?

Dei de ombros.

— É um trecho de uma das óperas dele. *Lakmé*.

— E a voz?

— Minha mãe.

Olhei para ela, perplexo.

— Sua mãe é cantora de ópera?

Marina me devolveu um olhar impenetrável.

— Era — respondeu. — Ela morreu.

Germán esperava por nós no salão principal, uma peça ampla e ovalada. Um lustre de lágrimas de cristal pendia do teto. O pai de Marina estava vestido quase a rigor. Usava um terno com colete e sua cabeleira prateada estava cuidadosamente penteada para trás. Tive a impressão de que estava diante de um cavaleiro do final do século. Sentamos à mesa, posta com toalhas de linho e talheres de prata.

— É um prazer tê-lo aqui conosco, Óscar — disse Germán. — Não é todo domingo que temos a honra de tão grata companhia.

A louça era de porcelana, uma verdadeira peça de antiquário. O cardápio parecia consistir numa sopa de aroma delicioso e pão. Mais nada. Enquanto Germán me servia antes de todos, compreendi que todo o luxo se devia à minha presença. Apesar dos talheres de prata, da sopeira de museu e dos luxos de domingo, aquela casa não tinha dinheiro suficiente para um segundo prato. Aliás, quanto a não ter, não tinha nem luz. O casarão era iluminado permanentemente por velas. Germán deve ter lido meu pensamento.

— Deve ter percebido que não temos eletricidade, Óscar. Na verdade, nós não damos muito crédito aos avanços da ciência moderna. Afinal de contas, que tipo de ciência é essa, capaz de colocar um homem na lua, mas incapaz de colocar um pedaço de pão na mesa de cada ser humano?

— Acho que o problema não está na ciência, mas naqueles que decidem como empregá-la — sugeri.

Germán considerou minha ideia e concordou solenemente, não sei se por cortesia ou por convencimento mesmo.

— Percebo que você é um tanto filósofo, Óscar. Já leu Schopenhauer?

Senti os olhos de Marina pousados em mim, sugerindo que seguisse os passos de seu pai.

— Só por alto — improvisei.

Saboreamos a sopa sem falar. Germán sorria amavelmente de vez em quando e observava a filha com carinho. Algo me dizia que Marina não tinha muitos amigos e que Germán via com bons olhos a minha presença, embora, no que me dizia respeito, Schopenhauer podia muito bem ser uma marca de artigos ortopédicos.

— Diga-me, Óscar, o que o mundo nos conta nesses últimos dias?

Formulou a pergunta de tal modo que suspeitei que, se anunciasse o fim da Segunda Guerra Mundial, causaria um grande alvoroço.

— Não muito, na verdade — disse, sob a atenta vigilância de Marina. — Teremos eleições...

Isso despertou o interesse de Germán, que deteve a dança de sua colher e avaliou o tema.

— E você, Óscar? É de direita ou de esquerda?

— Óscar é um ácrata, papai — cortou Marina.

O pedaço de pão engasgou em minha garganta. Não sabia o que significava aquela palavra, mas soava como anarquista de bicicleta. Germán me observou detidamente, intrigado.

— O idealismo da juventude... — murmurou. — É compreensível, é compreensível. Na sua idade, também li Bakunin. É como o sarampo: enquanto você não passa por isso...

Dei uma olhada assassina para Marina, que lambeu os lábios como um gato. Piscou o olho para mim e virou para o outro lado. Germán me examinou com curiosidade benevolente. Devolvi sua amabilidade com uma inclinação de cabeça e levei a colher aos lábios. Assim pelo menos não podia falar e acabar enfiando os pés pelas mãos. Continuamos a comer em silêncio. Não demorei para perceber que, do outro lado da mesa, Germán estava caindo no sono. Quando a colher finalmente escorregou de seus dedos, Marina levantou e, sem dizer uma palavra, afrouxou sua gravata de seda prateada. Germán suspirou. Uma de suas mãos tremia levemente. Marina deu o braço ao pai para ajudá-lo a levantar. Germán concordou, abatido, e sorriu fraco para mim, quase envergonhado. Parecia que tinha envelhecido 15 anos num piscar de olhos.

— Me desculpe, por favor, Óscar... — disse num fio de voz. — São coisas da idade.

Levantei também, oferecendo ajuda a Marina com os olhos. Ela recusou e pediu que ficasse na sala. Seu pai se apoiou nela e assim os dois abandonaram o salão.

— Foi um prazer, Óscar... — murmurou a voz cansada de Germán, perdendo-se no corredor de sombras. — Venha nos visitar de novo, venha nos visitar...

Ouvi os passos sumirem no interior da casa e esperei por Marina à luz das velas por quase meia hora. A atmosfera da casa começou a pesar sobre mim. Quando tive certeza de que Marina não voltaria, comecei a me preocupar. Pensei em ir atrás dela, mas não me pareceu correto ficar fuçando pelos quartos sem ter sido convidado. Pensei em deixar um bilhete, mas não tinha como fazer isso. Estava anoitecendo, de modo que o melhor a fazer era ir embora. Voltaria no dia seguinte, depois das aulas, para ver se estava tudo bem. Surpreso, constatei que não via Marina há apenas meia hora e minha mente já estava procurando pretextos para voltar. Fui até a porta dos fundos, na cozinha, e percorri o jardim até o portão. O céu se apagava sobre a cidade cheio de nuvens em trânsito.

Enquanto ia para o internato, passeando lentamente, os acontecimentos daquele dia desfilaram na minha memória. Ao subir as escadas para o quarto andar estava convencido de que tinha sido o dia mais estranho da minha vida. Mas se fosse possível comprar uma entrada para ver tudo se repetir, compraria sem pensar duas vezes.

7

À noite, sonhei que estava preso dentro de um imenso caleidoscópio. Um ser diabólico, de quem só podia ver o olho enorme através da lente, fazia o mecanismo girar. O mundo se desfazia em labirintos de ilusões de ótica que flutuavam a meu redor. Insetos. Borboletas negras. Despertei de repente, com a sensação de ter café fervente correndo nas veias. Aquela febre não me abandonou por todo o dia. As aulas de segunda-feira se sucederam como trens sem parada na minha estação. JF percebeu imediatamente.

— Você já anda nas nuvens normalmente — sentenciou — mas hoje está além da estratosfera. Está doente?

Tratei de tranquilizá-lo com um gesto vago. Consultei o relógio acima do quadro-negro. Três e meia. A aula acabaria dentro de duas horas. Uma eternidade. Lá fora, a chuva arranhava os vidros.

Quando a campainha tocou, fugi a toda velocidade, dando um bolo em JF e em nosso passeio habitual pelo mundo real. Atravessei os eternos corredores até chegar à saída. Os jardins e as fontes da entrada empalideciam sob o manto da tempestade. Não tinha guarda-chuva e meu casaco não tinha capuz. O céu era uma lápide de chumbo. Os lampiões ardiam como fósforos.

Comecei a correr. Evitei poças, desviei de bueiros inundados e cheguei à saída. Riachos de chuva desciam pela rua como uma veia perdendo sangue. Molhado até os ossos, corri por ruelas estreitas e silenciosas. Os bueiros rugiam à minha passagem. Parecia que a cidade ia se fundir num oceano negro. Levei dez minutos para chegar à cerca do casarão de Marina e Germán. Nessa altura, minhas roupas e sapatos estavam irremediavelmente encharcados. O crepúsculo era um telão de mármore acinzentado no horizonte. Tive a impressão de ter ouvido um estalo às minhas costas, na entrada da ruela. Virei-me assustado. Por um instante, senti que alguém estava me seguindo. Mas não havia ninguém, apenas a chuva metralhando as poças d'água no caminho.

Enfiei-me pelo portão. A claridade dos relâmpagos guiou meus passos até a casa. Os querubins da fonte me deram as boas-vindas. Tremendo de frio, cheguei à porta da cozinha, nos fundos. Estava aberta. Entrei. A casa estava completamente às escuras. Lembrei-me das palavras de Germán sobre a ausência de eletricidade.

Até então, não tinha me ocorrido que ninguém tinha me convidado. Pela segunda vez, eu me enfiava naquela casa sem pretexto algum. Pensei em partir, mas a tempestade uivava lá fora. Suspirei. Minhas mãos doíam de frio e eu mal sentia as pontas dos dedos. Tossi como um cachorro e senti o coração latejando nas têmporas. Minha roupa estava grudada no corpo, gelada. "Meu reino por uma toalha", pensei.

— Marina? — chamei.

O eco de minha voz se perdeu no casarão. Tomei consciência do manto de sombras que se estendia ao meu redor. O clarão dos relâmpagos filtrando-se pelas janelas proporcionava apenas uma rápida sensação de claridade, como o flash de uma máquina fotográfica.

— Marina? — insisti. — É Óscar...

Timidamente, entrei na casa. Meus sapatos empapados produziam um som viscoso ao andar. Parei quando cheguei no salão onde tínhamos jantado na véspera. A mesa estava vazia e as cadeiras, desertas.

— Marina? Germán?

Não obtive resposta. Avistei um castiçal e uma caixa de fósforos em cima de uma mesinha console. Meus dedos enrugados e insensíveis só conseguiram acender a vela na quinta tentativa.

Levantei a chama tremelicante. Uma claridade fantasmagórica inundou a sala. Deslizei até o corredor onde tinha visto Marina e seu pai desaparecerem no dia anterior.

O corredor conduzia até outro salão, igualmente coroado por um lustre de cristal. Suas contas brilhavam na penumbra como carrosséis de diamantes. A casa era habitada por sombras oblíquas que a tempestade projetava de fora através das vidraças. Velhos móveis e poltronas dormiam sob lençóis brancos. Uma escada de mármore subia para o primeiro andar. Fui até lá, sentindo-me um verdadeiro intruso. Dois olhos amarelos brilharam no alto da escada. Ouvi um miado. Kafka. Suspirei aliviado. Um segundo depois, o gato se retirou para as sombras. Parei e olhei ao redor. Meus passos tinham deixado um rastro de pegadas sobre a poeira.

— Tem alguém aí? — chamei novamente, sem obter resposta.

Imaginei aquele grande salão décadas atrás, vestido de gala. Uma orquestra e dezenas de casais dançando. Agora, parecia o salão de um navio afundado. As paredes estavam cobertas por quadros a óleo. Todos retratatavam a mesma mulher. Era a mesma que aparecia no quadro que vi na primeira noite em que entrei naquela casa. A perfeição e a magia do traço e a luminosidade daquelas pinturas eram quase sobrenaturais. Fiquei me perguntando quem seria o artista. Mesmo porque, era evidente que todos eles eram obra da mesma mão. Parecia que aquela dama me vigiava de todos os lados. Não era difícil perceber a incrível semelhança entre aquela mulher e Marina: os mesmos lábios sobre uma pele clara, quase transparente. A mesma figura, esbelta e frágil como a de uma estatueta de porcelana. Os mesmos olhos cor de cinza, tristes e sem fundo. Senti alguma coisa roçar meu tornozelo. Kafka ronronava aos meus pés. Abaixei e acariciei sua pelagem prateada.

— Onde está sua dona, hein?

Como resposta, ele miou melancolicamente. Não havia ninguém ali. Ouvi o som da chuva batendo no telhado. Milhares de aranhas-de-água corriam pelas calhas. Imaginei que Marina e Germán tinham saído por algum motivo impossível de adivinhar. Em todo caso, não era da minha conta. Fiz um carinho em Kafka e resolvi ir embora antes que retornassem.

— Um de nós dois é demais por aqui — sussurrei para Kafka. — Eu.

De repente, os pelos das costas do gato se eriçaram como espinhos. Senti seus músculos enrijecendo como cabos de aço sob minha mão. Estava me perguntando o que podia ter aterrorizado o animal daquele jeito, quando senti. O cheiro. O fedor de podridão animal da estufa. Senti engulhos.

Levantei os olhos. Uma cortina de chuva velava a janela do salão. Do outro lado, distingui a silhueta incerta dos anjos da fonte. Soube instintivamente que algo estava errado. Havia uma figura a mais entre as estátuas. Levantei e avancei lentamente até a janela. Uma das silhuetas girou sobre si mesma e eu parei, petrificado. Não podia distinguir suas feições, apenas uma forma escura envolvida num manto. Tinha certeza absoluta de que aquela criatura estava me observando. E sabia que eu também a observava. Fiquei imóvel por um instante infinito. Segundos mais tarde, a figura se retirou para as sombras. Quando a luz de um relâmpago explodiu sobre o jardim, o estranho não estava mais lá. Demorei para perceber que o fedor tinha desaparecido junto com ele.

Nada mais me ocorreu, a não ser me sentar e esperar pelo regresso de Germán e Marina. A ideia de sair lá fora não era nada tentadora. E a tempestade era o de menos. Deixei o corpo cair numa imensa poltrona. Pouco a pouco, o eco da chuva e a claridade tênue que flutuava no grande salão me fizeram pegar no sono. Em algum momento, ouvi o som da fechadura principal se abrindo e de passos dentro de casa. Acordei do meu transe e meu coração deu um salto. Vozes que se aproximavam pelo corredor. Uma vela. Kafka correu para a luz justamente na hora em que Germán e a filha entravam na sala. Marina cravou em mim um olhar gelado.

— O que está fazendo aqui, Óscar?

Balbuciei algo meio sem sentido. Germán sorriu gentilmente e me examinou, curioso.

— Meu Deus, Óscar! Você está ensopado! Marina, traga umas toalhas limpas para Óscar, por favor... Venha para cá, Óscar, vamos acender o fogo que está fazendo um tempo de cão!...

Sentei na frente da lareira, segurando a xícara de caldo bem quente que Marina preparara para mim. Expliquei mal e porcamente o motivo de minha presença, sem mencionar o episódio do vulto na janela e daquele fedor sinistro. Germán aceitou minhas explicações de bom grado e não se mostrou nem um pouco ofendido com minha intromissão, muito pelo contrário. Mas Marina era outra história. Seu olhar me queimava. Temi que minha estupidez, me enfiando na casa como se fosse um hábito, tivesse acabado de vez com a nossa amizade. Não abriu a boca pela meia hora em que ficamos sentados diante do fogo. Quando Germán se desculpou e me desejou boa-noite, suspeitei que minha ex-amiga ia me expulsar aos pontapés e dizer que não voltasse nunca mais.

"Lá vem", pensei. O beijo da morte. Marina finalmente sorriu, sarcástica.

— Você está parecendo um peixe fora d'água — disse ela.

— Obrigado — repliquei, esperando alguma coisa pior.

— Vai ou não me contar que diabos estava fazendo aqui?

Seus olhos brilhavam ao fogo. Bebi o resto do caldo e abaixei os olhos.

— A verdade é que eu não sei... — disse. — Acho que... sei lá...

Sem dúvida, meu aspecto lamentável ajudou, pois Marina se aproximou e pegou minha mão.

— Olha para mim — ordenou.

Foi o que fiz. Ela me observava com uma mistura de pena e simpatia.

— Não estou chateada com você, está ouvindo? — disse. — É que fiquei surpresa ao te ver por aqui, assim, sem avisar. Toda segunda-feira levo Germán ao médico, no hospital de San Pablo. Por isso estávamos fora. Não é um bom dia para visitas.

Fiquei envergonhado.

— Não vai acontecer de novo — prometi.

Estava me preparando para contar a Marina sobre a estranha aparição que eu tinha visto ou achava que tinha visto, quando ela riu suavemente e se inclinou para dar um beijo no meu rosto. O toque de seus lábios bastou para secar minha roupa instantaneamente e as palavras perderam o rumo na minha língua. Mas eu tinha gaguejado alguma coisa e Marina percebeu.

— O que foi? — perguntou.

Olhei para ela em silêncio e neguei com a cabeça.

— Nada.

Levantou as sobrancelhas como se não acreditasse, mas não insistiu.

— Quer um pouco mais de caldo? — perguntou, levantando.

— Quero, obrigado.

Marina pegou a xícara e foi em direção à cozinha para enchê-la de novo. Fiquei ali, perto da lareira, fascinado pelos retratos da dama nas paredes. Quando Marina voltou, seguiu meu olhar.

— A mulher que aparece em todos esses retratos... — comecei.

— É minha mãe — disse Marina.

Senti que estava entrando num terreno escorregadio.

— Nunca tinha visto quadros assim. Parecem... fotografias da alma.

Marina concordou em silêncio.

— Deve ser algum artista famoso — insisti. — Mas nunca tinha visto nada igual.

Marina demorou a responder.

— Nem vai ver. Faz quase 16 anos que o autor não pinta um único quadro. Esta série de retratos foi a última obra dele.

— Devia conhecer sua mãe muito bem para conseguir retratá-la desse modo — comentei.

Marina olhou para mim longamente. Senti aquele mesmo olhar que os quadros conseguiram captar.

— Melhor do que ninguém — respondeu ela. — Era casado com ela.

8

Naquela noite junto ao fogo, Marina me contou toda a história de Germán e do palacete de Sarriá. Germán Blau nascera numa família abastada pertencente à florescente burguesia catalã da época. À dinastia Blau não faltavam um camarote no Teatro del Liceo, a colônia industrial às margens do rio Segre e nem um ou outro escândalo de sociedade. Murmurava-se que o pequeno Germán não era filho do grande patriarca Blau, mas sim fruto do amor ilícito entre sua mãe, Diana, e um pitoresco indivíduo chamado Quim Salvat. Salvat era libertino, retratista e devasso profissional, nessa ordem. Escandalizava as pessoas de bem ao mesmo tempo que imortalizava suas caras em óleos vendidos a preços astronômicos. Fosse qual fosse a verdade, certo era que Germán não tinha nada de parecido, no físico nem no caráter, com nenhum membro de sua família. Seu único interesse era a pintura, o desenho, o que parecia extremamente suspeito para todo mundo. Especialmente para seu pai.

Quando completou 16 anos, seu pai anunciou que não havia lugar para desocupados nem gaiatos em sua família. Se insistisse com aquela ideia de ser "artista", ia mandá-lo imediatamente para a fábrica como carregador ou ajudante de pedreiro, para a legião ou qualquer outra instituição que contribuísse para fortalecer seu caráter e fazer dele um homem de respeito. Germán optou por fugir de casa, para onde regressou 24 horas depois pela mão da Guarda Civil.

Seu progenitor, desesperado e decepcionado com aquele primogênito, resolveu transferir suas esperanças para o segundo filho, Gaspar, que ansiava por entrar no negócio têxtil e mostrava mais disposição para dar continuidade à tradição familiar. Temendo por seu futuro econômico, o velho Blau transferiu o palacete de Sarriá, que estava semiabandonado havia anos, para o nome de Germán. "Embora nos encha de vergonha, não trabalhei a vida inteira como um escravo para que um filho meu acabe na rua", disse ele. Em seu tempo, a mansão fora uma das mais admiradas pelos donos dos melhores sobrenomes, mas ninguém mais pensava nela. Era maldita. De fato, diziam por aí que os encontros secretos entre Diana e Salvat tiveram como cenário justamente aquele lugar. Assim sendo, por ironia do destino, a casa passou para as mãos de Germán. Logo em seguida, com o apoio clandestino de sua mãe, Germán foi aceito como aprendiz desse mesmo Quim Salvat. No primeiro dia, Salvat o encarou fixamente e pronunciou as seguintes palavras:

— Primeiro, não sou seu pai e só conheço a senhora sua mãe de vista. Segundo, a vida de artista é uma vida de risco, incerteza e quase sempre de pobreza. Não a escolhemos, ao contrário, é ela quem escolhe você. Se tem alguma dúvida a respeito de qualquer um desses dois pontos, é melhor que saia por essa porta agora mesmo.

Germán ficou.

Para Germán, os anos de aprendizagem com Quim Salvat foram como um salto para outro mundo. Pela primeira vez, sentiu que alguém acreditava nele, em seu talento e em suas possibilidades de vir a ser algo mais do que uma pálida cópia de seu pai. Sentia-se uma outra pessoa. Em seis meses, aprendeu e melhorou mais do que em todos os anos de sua vida.

Salvat era um homem extravagante e generoso, amante de todas as delícias desse mundo. Só pintava à noite e, embora não fosse bonito (no máximo, parecia um urso), podia ser considerado um ladrão de corações, com um estranho poder de sedução que manejava quase tão bem quanto o pincel.

Modelos de tirar o fôlego e senhoras da alta sociedade desfilavam por seu ateliê desejando posar para ele e, segundo suspeitava Germán, alguma coisa mais. Salvat conhecia vinhos, poetas, cidades lendárias e técnicas de acrobacia amorosa importadas de Bombaim. Viveu intensamente os seus 47 anos. Sempre dizia que os seres humanos deixavam a vida passar como se fossem viver para sempre e que isso era a sua perdição. Ria da vida e da morte, do divino e do humano. Cozinhava melhor que os grandes chefs estrelados do guia Michelin e comia por todos eles. Pelo tempo que passou a seu lado, Salvat se transformou em seu mestre e seu melhor amigo. Germán sempre soube que devia a Quim Salvat tudo o que conseguiu ser na vida, como homem e como pintor.

Salvat era um dos poucos privilegiados que conheciam o segredo da luz. Costumava dizer que a luz era uma bailarina caprichosa e sabedora de seus encantos. Em suas mãos, a luz se transformava em linhas maravilhosas que iluminavam a tela e abriam as portas da alma. Pelo menos era o que dizia o texto promocional dos catágolos de suas exposições.

— Pintar é escrever com luz — afirmava Salvat. — Primeiro, tem de aprender seu alfabeto; em seguida, sua gramática. Só então poderá pensar em estilo e magia.

Foi Quim Salvat quem ampliou sua visão de mundo, levando-o consigo em suas viagens. Foi assim que percorreram Paris, Viena, Berlim, Roma... Germán não demorou a descobrir que Salvat era tão bom vendedor de suas obras quanto pintor, talvez melhor, e que essa era a chave de seu êxito.

— De cada mil pessoas que compram um quadro ou uma obra de arte, só uma tem uma ideia remota do que está comprando — explicava Salvat, sorridente. — Os outros não compram a obra, compram o artista, o que ouviram e, mais ainda, o que imaginam a seu respeito. Esse negócio não é diferente de vender poções de curandeiro ou filtros de amor, Germán. A diferença está só no preço.

O grande coração de Quim Salvat parou no dia 17 de julho de 1938. Alguns afirmaram que foi por culpa dos excessos. Germán sempre achou que foram os horrores da guerra que mataram a fé e a vontade de viver de seu mestre.

— Poderia pintar por mil anos — murmurou Salvat em seu leito de morte — e não mudaria um milímetro da barbárie, da ignorância e da bestialidade dos homens. A beleza é um sopro contra o vento da realidade, Germán. Minha arte não tem sentido. Não serve para nada...

A lista interminável de suas amantes, de seus credores, amigos e colegas, as dezenas de pessoas que ajudara sem pedir nada em troca, choraram em seu enterro. Sabiam que naquele dia uma luz se apagava no mundo e que, a partir dali, todos estariam mais sós, mais vazios.

Salvat lhe deixou uma modestíssima soma em dinheiro e seu ateliê. Pediu que repartisse o resto (que não era muito, pois Salvat gastava mais do que ganhava e antes mesmo de ganhar) entre suas amadas e seus amigos. O tabelião encarregado do testamento entregou a Germán uma carta que Salvat tinha lhe confiado ao pressentir que o fim estava próximo, com instruções para entregá-la quando de sua morte.

Com lágrimas nos olhos e a alma em pedaços, o jovem vagou sem rumo uma noite inteira pela cidade. O amanhecer foi encontrá-lo no quebra-mar do porto, e foi ali, às primeiras luzes do dia, que leu as últimas palavras que Quim Salvat lhe enviava.

Querido Germán:

Não lhe disse isso em vida, porque pensei que devia esperar o momento certo. Mas temo não estar mais aqui quando esse momento chegar.

Eis o que tenho para lhe dizer. Nunca conheci nenhum pintor com talento maior do que o seu, Germán. Você não sabe disso ainda, nem poderia saber, mas está em você e meu único mérito foi ter reconhecido isso. Aprendi mais com você, sem que soubesse, que você comigo. Gostaria que tivesse tido o mestre que merece, alguém que pudesse guiar seu talento melhor do que esse pobre aprendiz. A luz fala em você, Germán. Nós, os outros, só ouvimos. Nunca se esqueça disso. De agora em diante, seu mestre passará a ser seu aluno e seu melhor amigo, sempre

SALVAT

Uma semana mais tarde, fugindo de lembranças insuportáveis, Germán partiu para Paris. Tinha sido convidado para ser professor numa escola de pintura. Não voltaria a pôr os pés em Barcelona por dez anos.

Em Paris, Germán construiu uma reputação de retratista de certo prestígio e descobriu uma paixão que nunca mais o abandonaria: a ópera. Seus quadros começavam a vender bem e um marchand que o conhecia desde o tempo de Salvat aceitou representá-lo. Além do salário de professor, suas obras rendiam o suficiente para permitir uma vida simples, mas digna. Fazendo algumas economias e com a ajuda do reitor de sua escola, que era aparentado com meia cidade, conseguiu reservar um lugar no Opéra de Paris para a temporada. Nada muito luxuoso: galeria, sexta fila, um pouco para a esquerda. Não se via cerca de vinte por cento do cenário, mas a música chegava gloriosa, ignorando o preço das poltronas e balcões.

Foi lá que a viu pela primeira vez. Parecia uma criatura saída de um dos quadros de Salvat, mas nem mesmo a sua beleza fazia justiça à sua voz. Seu nome era Kirsten Auermann, tinha 19 anos e, segundo o programa, era uma das jovens promessas do canto lírico mundial. Foram apresentados naquela mesma noite, na recepção que a companhia oferecia após o espetáculo. Germán conseguiu penetrar inventando que era crítico musical do *Le Monde*. Ao apertar sua mão, Germán ficou mudo.

— Para um crítico, o senhor fala muito pouco e com muito sotaque — brincou Kirsten.

Germán resolveu naquele instante que ia se casar com aquela mulher nem que fosse a última coisa que faria na vida. Quis invocar todas as artes da sedução que viu Salvat empregar por anos. Mas só havia um Salvat no mundo, e tinham perdido o molde. Foi assim que teve início um longo jogo de gato e rato que se prolongaria por seis anos e só chegaria ao fim numa pequena capela da Normandia, numa tarde do verão de 1946. No dia de seu casamento, ainda se sentia o rastro da guerra no ar, com seu cheiro de carniça escondida.

Pouco tempo depois, Kirsten e Germán regressaram a Barcelona e se instalaram em Sarriá. Durante sua ausência, a residência tinha virado um museu fantasmagórico. A luminosidade de Kirsten e três semanas de limpeza deram conta do recado.

A casa viveu uma época de esplendor como nunca tinha visto antes. Germán pintava sem cessar, possuído por uma energia que nem ele conseguia explicar. Suas obras começaram a se valorizar nas altas esferas e, em pouco tempo, possuir "um Blau" passou a ser condição *sine qua non* de alta sociedade. Não demorou para que o pai começasse a se gabar em público do êxito de Germán. "Sempre acreditei em seu talento e sabia que ia triunfar", "está no sangue, como todos os Blau" e "não existe um pai mais orgulhoso do que eu" passaram a ser suas frases prediletas e, à força de tanto repeti-las, acabou acreditando. Marchands e galerias que havia alguns anos não se dignavam a dar-lhe nem bom-dia agora morriam para encontrá-lo. No meio de todo esse vendaval de vaidades e hipocrisias, Germán nunca se esqueceu do que Salvat tinha lhe ensinado.

A carreira lírica de Kirsten também seguia de vento em popa. Na época em que começaram a comercializar os discos de 78 rotações, ela foi uma das primeiras vozes a imortalizar seu repertório. Foram anos de felicidade e luz na mansão de Sarriá, anos em que tudo parecia possível e onde não se viam sombras no horizonte.

Ninguém deu importância aos enjoos e desmaios de Kirsten antes que fosse tarde demais. O sucesso, as viagens, a tensão das estreias explicavam tudo. No dia em que Kirsten foi examinada pelo dr. Cabris, duas notícias mudaram seu mundo para sempre. A primeira: estava grávida. A segunda: uma doença irreversível do sangue estava roubando sua vida lentamente. Restava um ano. Dois, no máximo.

No mesmo dia, ao sair do consultório do médico, Kirsten encomendou um relógio de ouro com uma inscrição dedicada a Germán, na General Relojeria Suiza da Vía Augusta.

Para Germán, em quem fala a luz.
K.A.
19-1-1964

Aquele relógio contaria as horas que ainda lhes restavam para viver juntos.

Kirsten abandonou os palcos e a carreira. O concerto de despedida aconteceu no Liceo de Barcelona, com *Lakmé*, de Delibes, seu compositor predileto. Ninguém voltaria a ouvir uma voz como aquela. Por todos os meses da gravidez, Germán pintou uma série de retratos da esposa que superaram todas as obras anteriores. Nunca aceitou vendê-los.

Em 26 de setembro de 1964, uma menina de cabelos claros e olhos cor de cinza, idênticos aos de sua mãe, nasceu na casa de Sarriá. Iria se chamar Marina e levaria sempre no rosto a imagem e a luminosidade da mãe. Kirsten Auermann morreu seis meses depois, no mesmo quarto em que deu à luz a filha e onde tinha passado as horas mais felizes de sua vida com Germán. Seu marido segurava sua mão, pálida e trêmula, entre as suas. Já estava fria quando o amanhecer a levou como um suspiro.

Um mês depois de sua morte, Germán voltou a entrar no ateliê, que ficava no sótão da residência da família. A pequena Marina brincava a seus pés. Germán pegou o pincel e tentou fazer um traço na tela. Seus olhos se encheram de lágrimas e o pincel caiu de suas mãos. Germán Blau nunca voltou a pintar. A luz em seu interior tinha se calado para sempre.

9

Pelo resto do outono, minhas visitas à casa de Germán e Marina se transformaram num ritual diário. Passava os dias sonhando acordado na sala de aula, esperando pelo momento de fugir rumo àquela ruela secreta, onde meus novos amigos esperavam por mim todos os dias, à exceção de segunda-feira, quando Marina acompanhava Germán ao hospital para seu tratamento. Tomávamos café e conversávamos nas salas mergulhadas na penumbra. Germán cismou que iria me ensinar os rudimentos do xadrez. Apesar das aulas, Marina me dava xeque-mate em cerca de cinco ou seis minutos, mas eu não perdia a esperança.

Pouco a pouco, quase sem perceber, o mundo de Germán e Marina passou a ser o meu. Sua casa, as lembranças que pareciam flutuar no ar... passaram a ser as minhas. Descobri assim que Marina não ia à escola para não deixar o pai sozinho e poder cuidar dele. Explicou também que aprendera a ler, a escrever e a pensar com Germán.

— De nada adianta toda a geografia, trigonometria e aritmética do mundo se você não souber pensar por si mesmo — argumentava Marina. — E nenhum colégio ensina isso. Não está no programa.

Germán abriu a mente da filha para o mundo da arte, da história, da ciência. A biblioteca alexandrina da casa era o seu universo. Cada um dos livros era uma porta para novos mundos e novas ideias. Numa certa tarde do final de outubro, estávamos sentados no parapeito de uma janela do segundo andar, contemplando as luzes distantes do Tibidabo, quando Marina confessou que seu sonho era ser escritora. Tinha um baú repleto de histórias e contos que escrevia desde os 9 anos. Quando pedi que me mostrasse alguns, olhou para mim como se eu estivesse bêbado e disse que estava fora de questão. "Isso vai ser como o xadrez", pensei: dar tempo ao tempo.

Muitas vezes, quando eles não reparavam em mim, ficava observando Germán e Marina brincando, lendo ou confrontando-se em silêncio diante do tabuleiro de xadrez. O laço invisível que unia aqueles dois, o mundo à parte que tinham construído, distante de tudo e de todos, tinha uma força de atração maravilhosa. Uma miragem que eu às vezes tinha medo de destruir com minha presença. Havia dias em que, caminhando de volta para o internato, eu me sentia a pessoa mais feliz do mundo só por poder compartilhar aquele mundo com eles.

Sem nenhum motivo aparente, acabei fazendo daquela amizade um segredo. Não tinha dito nada a respeito deles a ninguém, nem mesmo a meu amigo JF. Em algumas semanas apenas, Germán e Marina tinham se transformado em minha vida secreta e, a bem da verdade, na única vida que eu desejava viver. Lembro-me de uma ocasião em que Germán se retirou mais cedo para descansar, desculpando-se como sempre, com suas maneiras requintadas de cavaleiro do século XIX. Fiquei sozinho com Marina na sala dos retratos. Ela sorriu enigmaticamente e disse que estava escrevendo sobre mim. A ideia me deixou aterrorizado.

— Sobre mim? O que quer dizer com escrever sobre mim?

— Quer dizer a seu respeito, não em cima de você, como se fosse uma escrivaninha.

— Até aí eu também cheguei.

Marina se divertia com aquele nervosismo repentino.

— E então? — perguntou. — Faz uma ideia tão ruim de si mesmo que não pode aceitar que valha a pena escrever a seu respeito?

Não tinha resposta para aquela pergunta. Resolvi mudar de estratégia e passar para a ofensiva. Era algo que Germán tinha me ensinado nas aulas de xadrez. Estratégia básica: se for pego com as calças na mão, comece a gritar e parta para o ataque.

— Bem, se é assim, não tem outro remédio senão me deixar ler o que escreveu — comentei.

Marina levantou uma das sobrancelhas, indecisa.

— É direito meu saber o que está escrevendo sobre mim — acrescentei.

— No mínimo, não vai gostar.

— No mínimo. Ou no mínimo, sim.

— Vou pensar.

— Estarei esperando.

O frio chegou a Barcelona com seu estilo habitual: como um meteorito. Em apenas um dia, os termômetros começaram a olhar para o próprio umbigo.

Exércitos de casacões saíram dos armários substituindo as leves gabardines do outono. Céus de aço e vendavais que mordiam as orelhas tomaram conta das ruas. Germán e Marina me surpreenderam: ganhei de presente um gorro de lã que devia ter custado uma fortuna.

— É para proteger as ideias, amigo Óscar — explicou Germán. — Não pode resfriar o cérebro.

Em meados de novembro, Marina anunciou que ela e Germán iriam a Madri e ficariam uma semana fora. Um médico do Hospital de La Paz, um bambambã, aceitara submeter Germán a um tratamento que ainda estava em fase de experimentação e que só tinha sido utilizado duas vezes na Europa.

— Dizem que ele faz milagres, não sei, não... — comentou Marina.

A ideia de passar uma semana sem eles caiu em cima de mim como um peso. E meus esforços para disfarçar foram inúteis. Marina lia meu interior como se eu fosse transparente. Pegou minha mão.

— É só uma semana, certo? Logo, logo a gente está junto de novo.

Concordei, sem encontrar palavras de consolo.

— Falei ontem com Germán sobre a possibilidade de você ficar cuidando de Kafka e da casa durante a nossa ausência... — aventurou-se Marina.

— Claro! Tudo o que precisarem.

Seu rosto se iluminou.

— Tomara que esse médico seja tão bom quanto dizem — disse eu.

Marina ficou me olhando por um longo tempo. Por trás do sorriso, aqueles olhos cor de cinza emanavam uma luz de tristeza que me deixou desarmado.

— Tomara.

O trem para Madri partia da estação de Francia às nove da manhã. Fugi do colégio assim que amanheceu. Com as economias que guardava, tinha reservado um táxi para pegar Germán e Marina e levá-los até a estação. A manhã de domingo estava mergulhada numa névoa azulada que se desfazia sob o âmbar de um amanhecer tímido. Fizemos boa parte do trajeto calados. O taxímetro do velho Seat 500 tiquetaqueava como um metrônomo.

— Não devia ter se incomodado, amigo Óscar — dizia Germán.

— Não foi incômodo algum — repliquei. — Faz um frio de rachar e não vamos querer esfriar os ânimos, não é?

Quando chegamos à estação, Germán se acomodou num café, enquanto Marina e eu íamos até o guichê para comprar as passagens reservadas com antecedência. Na hora da partida, Germán me abraçou com tanta intensidade que quase comecei a chorar. Com a ajuda de um carregador, ele subiu no trem e me deixou sozinho para me despedir de Marina. O eco de mil vozes e apitos se perdia na cúpula enorme da estação. Ficamos nos olhando em silêncio, com o rabo dos olhos.

— Bem... — disse eu.

— Não esqueça de esquentar o leite porque...

— Kafka odeia leite frio, sobretudo depois de cometer seus crimes. Já sei: o gatinho manhoso.

O chefe da estação estava prestes a dar a saída com a bandeirola vermelha. Marina suspirou.

— Germán está muito orgulhoso de você — disse.

— Não vejo motivo.

— Vamos sentir sua falta.

— Isso é o que você pensa. Vamos, hora de ir.

De repente, Marina se inclinou e deixou seus lábios roçarem os meus. Mas antes que eu tivesse tempo de piscar, ela subiu no trem. Fiquei parado ali, vendo a composição se afastar em direção à garganta de névoa. Quando o barulho da máquina se perdeu, comecei a caminhar para a saída. Enquanto fazia isso, lembrei que nunca tinha falado com Marina sobre a estranha visão que tive naquela noite de tempestade em sua casa. Com o tempo, até eu tinha preferido esquecer, acabando por me convencer de que era tudo imaginação. Já estava no grande vestíbulo da estação, quando um carregador se aproximou de mim de um jeito meio atropelado.

— Isso... Tome, pediram que lhe entregasse isso.

Estendeu um envelope de cor ocre.

— Creio que está enganado — disse eu.

— Não, não. Uma senhora me pediu que lhe entregasse — insistiu o sujeito.

— Que senhora?

Ele se virou para indicar o portão que dava para o Paseo Colón. Fiapos de névoa varriam os degraus da entrada. Não havia ninguém ali. O carregador deu de ombros e se afastou.

Espantado, fui até o portão e saí para a rua justo a tempo de identificá-la. A dama de negro que tínhamos visto no cemitério de Sarriá subia numa anacrônica carruagem puxada por cavalos. Virou-se para olhar para mim por um segundo. Seu rosto estava encoberto por um véu escuro como uma teia de aranha de aço. Um instante depois, a portinhola da carruagem se fechou e o cocheiro, com um casaco cinza que o cobria completamente, açoitou os cavalos. A carruagem se afastou a toda velocidade no meio do trânsito do Paseo Colón, em direção às Ramblas, até se perder.

Muito confuso, nem me dei conta de que o envelope que o carregador tinha me dado estava em minha mão. Quando caí em mim, tratei de abri-lo. Continha um cartão de visita envelhecido. Nele, lia-se um endereço:

Mijail Kolvenik
Calle Princesa, 33, 4º-2ª

Virei o cartão. No verso, a impressora tinha reproduzido o símbolo que marcava o túmulo sem nome do cemitério e a estufa abandonada. Uma borboleta negra com as asas abertas.

10

No caminho para a calle Princesa, descobri que estava morrendo de fome e parei para comprar um doce numa padaria em frente à basílica de Santa María del Mar. Um cheiro de pão doce flutuava sob o eco dos sinos. A calle Princesa subia através do bairro antigo num estreito vale de sombras. Desfilei diante de velhos palácios e de edifícios que pareciam ainda mais antigos que a própria cidade. Mal dava para ler o número 33 na fachada de um deles. Entrei no hall que lembrava o claustro de uma velha capela. O bloco enferrujado das caixas de correio empalidecia sobre uma parede com a pintura rachada. Estava procurando o nome de Mijail Kolvenik entre as caixas, sem sucesso, quando ouvi uma respiração pesada às minhas costas.

Virei num salto e descobri o rosto enrugado de uma velha sentada na guarita da portaria. Parecia uma figura de cera, vestida de viúva. Um pequeno feixe de claridade varreu seu rosto. Seus olhos eram brancos como mármore. Sem pupilas. Era cega.

— Está procurando alguém? — perguntou a porteira com voz alquebrada.

— Mijail Kolvenik, senhora.

Os olhos brancos, vazios, piscaram um par de vezes. A velha negou com a cabeça.

— Foi o endereço que me deram — informei. — Mijail Kolvenik. Quarto andar, segunda porta...

A velha negou de novo e voltou a seu estado de imobilidade. Naquele mesmo instante vi alguma coisa se mexendo sobre a mesa da guarita. Uma aranha negra subia pelas mãos enrugadas da porteira e seus olhos brancos miravam o vazio. Discretamente, enfiei-me pelas escadas.

* * *

Ninguém tinha trocado sequer uma lâmpada naquelas escadas nos últimos trinta anos. Os degraus eram gastos e escorregadios. Os patamares eram poços de escuridão e silêncio. Vinha uma claridade trêmula de uma claraboia no sótão. Bem ali, esvoaçava uma pomba aprisionada. A segunda porta do quarto andar era uma placa de madeira lavrada com uma maçaneta de aspecto ferroviário. Toquei a campainha duas vezes e ouvi o eco se perdendo no interior do apartamento. Passaram-se alguns minutos. Toquei de novo. Mais dois minutos. Comecei a achar que tinha penetrado numa tumba, num dos muitos edifícios-fantasma que enfeitiçavam o bairro antigo de Barcelona.

De repente, a vigia da porta se entreabriu. Um raio de luz cortou a escuridão. A voz que ouvi era de areia. Uma voz que não tinha falado por semanas, talvez meses.

— Quem é?

— Sr. Kolvenik? Mijail Kolvenik? — perguntei. — Poderia falar com o senhor um instante, por favor?

A vigia se fechou de um só golpe. Silêncio. Ia tocar a campainha de novo quando a porta do apartamento se abriu.

Uma silhueta se recortou na soleira. O som de uma torneira numa pia chegava lá de dentro.

— O que deseja, filho?

— Sr. Kolvenik?

— Não, não sou Kolvenik — cortou a voz. — Meu nome é Sentís. Benjamín Sentís.

— Desculpe, sr. Sentís, mas foi o endereço que me deram e...

Estendi o cartão que o carregador da estação me dera. Uma mão rígida o agarrou e aquele homem, cujo rosto eu não via, examinou-o em silêncio por um bom tempo antes de me devolver.

— Mijail Kolvenik não mora aqui há muitos anos.

— O senhor o conhece? — perguntei. — Talvez possa me ajudar...

Outro longo silêncio.

— Entre — disse finalmente Sentís.

Benjamín Sentís era um homem corpulento que vivia no interior de um roupão de flanela cor de vinho. Apertava um cachimbo apagado entre os lábios e seu rosto era enfeitado por um daqueles bigodes que se juntam às suíças, estilo

Júlio Verne. O apartamento estava localizado acima da selva de telhados do bairro velho e flutuava numa claridade etérea. As torres da catedral se distinguiam a distância e a montanha de Montjuïc despontava ainda mais adiante. As paredes estavam nuas. Um piano colecionava camadas de poeira e caixas de jornais que nem existiam mais entulhavam o chão. Não havia nada naquela casa que falasse do presente. Benjamín Sentís vivia no pretérito mais-que-perfeito.

Fomos sentar numa sala que dava para um balcão e Sentís examinou o cartão mais uma vez.

— O que deseja com Kolvenik? — indagou.

Resolvi explicar tudo desde o início, desde a nossa visita ao cemitério até a estranha aparição da dama de negro de manhã, na estação de Francia. Sentís ouvia com o olhar perdido, sem demonstrar a menor emoção. No final do meu relato, um incômodo silêncio se instalou entre nós. Sentís me examinou detidamente. Tinha um olhar de lobo, frio e penetrante.

— Mijail Kolvenik ocupou esse apartamento por quatro anos, pouco depois de chegar a Barcelona — disse. — Alguns de seus livros ainda estão por aí. É tudo o que resta dele.

— O senhor não teria o seu endereço atual? Não sabe onde posso encontrá-lo?

Sentís riu.

— Tente no inferno.

Olhei para ele sem entender.

— Mijail Kolvenik morreu em 1948.

Segundo explicou Benjamín Santís naquela manhã, Mijail Kolvenik tinha chegado a Barcelona no final de 1919. Nascido na cidade de Praga, tinha, na época, pouco mais de 20 anos. Kolvenik fugia de uma Europa devastada pela Grande Guerra. Não falava uma palavra de catalão ou de castelhano, mas se expressava com fluência em francês e alemão. Não tinha dinheiro, amigos ou conhecidos naquela cidade difícil e hostil. Passou sua primeira noite em Barcelona na cadeia, preso ao ser surpreendido dormindo no portão de um prédio para se proteger do frio. Na prisão, foi espancado por dois companheiros de cela acusados de roubo, assalto e incêndio premeditados sob a alegação de que o país estava indo por água abaixo por culpa daqueles estrangeiros piolhentos. As três costelas quebradas, as contusões e as lesões internas ficariam curadas com o tempo, mas o ouvido esquerdo ele perdeu para sempre. "Lesão do nervo", diagnosticaram os médicos. Um mau começo. Mas Kolvenik sempre dizia que o que começa mal só pode acabar melhor. Dez anos mais tarde, Mijail Kolvenik seria um dos homens mais ricos e poderosos de Barcelona.

Na enfermaria da prisão, conheceu aquele que com o passar dos anos iria se transformar em seu melhor amigo, um jovem médico de origem inglesa chamando Joan Shelley. O dr. Shelley falava um pouco de alemão e sabia por experiência própria o que era se sentir estrangeiro em terra estranha. Graças a ele, ao receber alta, Kolvenik conseguiu um emprego numa pequena empresa chamada Velo-Granell. A Velo-Granell fabricava artigos ortopédicos e próteses médicas. O conflito no Marrocos e a Grande Guerra tinham criado um enorme mercado para tais produtos. Legiões de homens, destroçados para a glória de banqueiros, chanceleres, agentes de bolsa e outros pais da pátria, ficaram mutilados e incapacitados para toda a vida em nome da liberdade, da democracia, do império, da raça ou da bandeira.

As oficinas da Velo-Granell ficavam perto do mercado do Borne. Em seu interior, as vitrines cheias de braços, olhos, pernas e articulações artificiais recordavam ao visitante a fragilidade do corpo humano. Com um salário modesto e a recomendação da empresa, Mijail Kolvenik conseguiu alojamento num apartamento da calle Princesa. Leitor voraz, em um ano e meio tinha aprendido a se defender tanto em catalão quanto em castelhano. Seu talento e engenhosidade não demoraram a trasnformá-lo num dos empregados-chave da Velo-Granell. Kolvenik possuía amplos conhecimentos de medicina, cirurgia e anatomia. Desenhou um revolucionário mecanismo pneumático que permitia articular o movimento das próteses de pernas e braços. O mecanismo reagia a impulsos musculares e permitia ao paciente mobilidade sem precedentes. Esta invenção pôs a Velo-Granell na vanguarda do ramo. E aquilo foi só o começo. A prancheta de desenho de Kolvenik não parava de inventar novos avanços e, por fim, ele foi nomeado engenheiro-chefe da oficina de desenho e desenvolvimento.

Meses mais tarde, uma infelicidade pôs o talento do jovem Kolvenik à prova. O filho do fundador da Velo-Granell sofreu um terrível acidente na fábrica. Como se fosse a goela de um dragão, uma prensa hidráulica amputara suas duas mãos. Kolvenik trabalhou incansavelmente por semanas a fio, para criar novas mãos de madeira, metal e porcelana, cujos dedos eram capazes de responder ao comando dos músculos e tendões do antebraço. A solução criada por Kolvenik usava as correntes elétricas dos estímulos nervosos do braço para articular os movimentos. Quatro meses depois do acidente, a vítima estreava suas mãos mecânicas, que permitiam que segurasse objetos, acendesse um cigarro ou abotoasse a camisa sozinho. Todos concordaram que dessa vez Kolvenik tinha superado tudo o que se podia imaginar. Ele, pouco amigo de elogios e euforias, afirmou que aquilo representava apenas o surgimento de uma nova ciência. Como recompensa por seu esforço, foi nomeado diretor-geral pelo fundador da Velo-Granell, que lhe deu também um pacote de ações que, na prática, o transformava em coproprietário da empresa, junto com o homem a quem sua genialidade tinha dado novas mãos.

Sob a direção de Kolvenik, a Velo-Granell tomou um novo rumo. Ampliou seu mercado, diversificou a linha de produtos e adotou o símbolo de uma borboleta negra com as asas abertas, cujo significado Kolvenik nunca explicou. A fábrica também foi ampliada para o lançamento de novos mecanismos: membros articulados, válvulas circulatórias, fibras ósseas e um sem-fim de invenções. O parque de diversões do Tibidabo encheu-se de autômatos criados por Kolvenik como passatempo e campo de experimentação. A Velo-Granell exportava para toda a Europa, América e Ásia. O valor das ações e a fortuna pessoal de Kolvenik dispararam, mas ele se negava a abandonar o modesto apartamento da calle Princesa. Segundo dizia, não havia motivo para mudar. Era um homem só, de vida simples, e aquele alojamento bastava para ele e seus livros.

Tudo mudaria com o surgimento de uma nova peça no tabuleiro. Eva Irinova era a estrela de um novo espetáculo de grande sucesso no Teatro Real. A jovem, de origem russa, tinha só 19 anos. Circulavam boatos que, em Paris, Viena e várias outras capitais, alguns cavalheiros se suicidaram por causa de sua beleza. Eva Irinova viajava na companhia de dois estranhos personagens, Sergei e Tatiana Glazunow, irmãos gêmeos. Os irmãos Glazunow atuavam como empresários e tutores de Eva Irinova. As más línguas diziam que Sergei e a jovem eram amantes, que a sinistra Tatiana dormia num ataúde nos fossos do cenário do Teatro Real, que Sergei fora um dos assassinos da dinastia Romanov e que Eva tinha o poder de se comunicar com os espíritos dos mortos... As mais inacreditáveis fofocas de bastidores alimentavam a fama da bela Irinova, que tinha Barcelona na palma da mão.

A fama de Irinova chegou aos ouvidos de Kolvenik. Intrigado, foi certa noite ao teatro para verificar com seus próprios olhos a causa de tanto alvoroço. Numa única noite, Kolvenik ficou alucinado pela jovem. Desde aquele dia, o camarim de Irinova transformou-se literalmente num leito de rosas. Dois meses depois dessa revelação, Kolvenik resolveu alugar um camarote no teatro. Comparecia todas as noites para contemplar fascinado o objeto de sua adoração. Nem é preciso dizer que era o assunto predileto de toda a cidade.

Um belo dia, Kolvenik convocou seus advogados e ordenou que fizessem uma oferta ao empresário Daniel Mestres. Queria adquirir o velho teatro, encarregando-se também das pesadas dívidas que arrastava. Sua intenção era reconstruí-lo desde as bases e transformá-lo na maior casa de espetáculos da Europa. Um teatro deslumbrante, dotado de todos os avanços técnicos e consagrado à sua adorada Eva Irinova. A direção do teatro se rendeu à generosa oferta. O novo projeto foi batizado de Gran Teatro Real. Um dia mais tarde, Kolvenik pediu a mão de Eva Irinova em casamento, num russo perfeito. Ela aceitou.

Depois das bodas, o casal planejava se transferir para uma mansão de sonhos que Kolvenik estava construindo perto do Parque Güell. O próprio Kolvenik entregara um projeto preliminar da luxuosa construção ao escritório de arquitetura de Sunyer, Balcells i Baró. Comentava-se que nunca antes em toda a história de Barcelona se havia gasto semelhante quantia numa residência particular, o que já era dizer muito. No entanto, nem todos estavam contentes com esse conto de fadas. O sócio de Kolvenik na Velo-Granell não via com bons olhos a recente obsessão deste último. Temia que destinasse fundos da empresa para o financiamento de seu delirante projeto de transformar o Teatro Real na oitava maravilha do mundo moderno. Não estava completamente enganado. Como se isso não bastasse, começaram a circular pela cidade boatos a respeito de certas práticas pouco ortodoxas de Kolvenik, lançando dúvidas quanto ao seu passado e quanto à imagem de empresário que se fez sozinho que ele gostava de divulgar. A maioria desses boatos morria antes de chegar às páginas da imprensa, graças à implacável máquina legal da Velo-Granell. O dinheiro não compra a felicidade, costumava dizer Kolvenik, mas compra todo o resto.

Por outro lado, Sergei e Tatiana Glazunow, os dois sinistros guardiões de Eva Irinova, viam seu futuro em perigo. Não havia aposentos para eles na nova mansão em construção. Prevendo um problema com os gêmeos, Kolvenik ofereceu aos dois uma generosa quantia em dinheiro para romper o suposto contrato que tinham com Irinova. Em troca, deveriam abandonar o país e assinar o compromisso de não voltar nunca mais, nem tentar entrar em contato com Eva Irinova. Enfurecido, Sergei se negou redondamente e jurou que Kolvenik nunca conseguiria se livrar deles.

Naquela mesma madrugada, Sergei e Tatiana estavam saindo de um portão na calle Sant Pau, quando uma rajada de tiros disparados de dentro de uma carruagem quase conseguiu dar cabo de suas vidas. O ataque foi atribuído aos anarquistas. Uma semana depois, os gêmeos assinaram o documento em que se comprometiam a liberar Eva Irinova e desaparecer para sempre. O casamento de Mijail Kolvenik e Eva Irinova foi marcado para o dia 24 de junho de 1935. O cenário: a catedral de Barcelona.

A cerimônia, comparada por alguns à coroação do rei Afonso XIII, teve lugar numa manhã resplandecente. A multidão ocupou cada canto da avenida da catedral, ansiosa para mergulhar no fausto e na grandeza do espetáculo. Eva Irinova nunca esteve tão deslumbrante. Ao som da marcha nupcial de Wagner, interpretada pela orquestra do Liceo nas escadarias da catedral, os noivos deixaram a igreja em direção à carruagem que esperava por eles. Quando faltavam apenas 3 metros para chegar ao coche puxado por cavalos brancos, uma figura rompeu o cordão de isolamento e avançou em direção aos noivos. Ouviram-se gritos de alerta. Quando se virou, Kolvenik defrontou-se com os olhos injetados de sangue de Sergei Glazunow. Nenhum dos presentes conseguiria esquecer o que aconteceu em seguida. Glazunow pegou um frasco de vidro e lançou seu conteúdo no rosto de Eva Irinova. O ácido queimou o véu como se fosse uma cortina de vapor. Um uivo quebrou o céu. A multidão explodiu numa horda de confusão e, num instante, o assaltante se perdeu entre o povo.

Kolvenik ajoelhou-se junto à noiva, tomando-a nos braços. As feições de Eva Irinova se derretiam sob o efeito do ácido como uma aquarela recém-pintada na água. A pele fumegante se encolheu como um pergaminho ardente e o fedor de carne queimada inundou o ar. O ácido não alcançou os olhos da jovem. Neles, lia-se o horror e a agonia. Kolvenik tentou salvar o rosto de sua esposa colocando as mãos sobre eles. Tudo o que conseguiu foi retirar pedaços de carne queimada enquanto o ácido roía suas luvas. Quando finalmente Eva perdeu os sentidos, seu rosto não era mais que uma máscara grotesca de ossos e carne viva.

O renovado Teatro Real nunca chegou a abrir as portas. Depois da tragédia, Kolvenik foi com a mulher para a mansão inacabada do Parque Güell. Eva Irinova nunca mais pôs os pés fora daquela casa. O ácido tinha destruído completamente o seu rosto e danificado as cordas vocais. Corria um boato de que se comunicava através de palavras escritas num bloco e que passava semanas inteiras sem sair de seus aposentos.

Nessa altura, os problemas financeiros da Velo-Granell começaram a aparecer, mais graves do que se podia suspeitar. Kolvenik se sentiu encurralado e desapareceu da empresa. Contavam que tinha contraído uma estranha enfermidade que o mantinha preso cada vez mais tempo na mansão. Inúmeras irregularidades na administração da Velo-Grannell e certas estranhas transações realizadas no passado pelo próprio Kolvenik vieram à tona. Uma febre de falatórios e acusações obscuras explodiu com tremenda virulência. Vivendo enclausurado em seu refúgio, junto com sua amada Eva, Kolvenik se transformou num personagem de romance de terror. Um homem marcado. O governo expropriou o consórcio da sociedade Velo-Granell. As autoridades judiciais estavam investigando o caso, cuja instrução, com um processo de mais de mil folhas, estava apenas começando.

Nos anos seguintes, Kolvenik perdeu toda a fortuna. Sua mansão se transformou num castelo de ruínas e trevas. A criadagem, depois de meses sem receber, abandonou os patrões. Só o motorista particular de Kolvenik continuou fiel. Todos os tipos de boatos aterrorizantes começaram a circular. Diziam que Kolvenik e a esposa viviam entre ratazanas, vagando pelos corredores daquela tumba em que se enterraram vivos.

Em dezembro de 1948, um pavoroso incêndio devorou a mansão dos Kolvenik. As chamas podiam ser vistas desde Mataró, afirmou o jornal *El Brusi*. Quem se recorda garante que o céu de Barcelona se transformou numa tela escarlate e que nuvens de cinzas varreram a cidade ao amanhecer, enquanto a multidão contemplava em silêncio o esqueleto fumegante das ruínas. Os corpos de Kolvenik e Eva foram encontrados carbonizados no sótão, abraçados um ao outro. Essa imagem apareceu na primeira página do *La Vanguardia*, sob a manchete "O fim de uma era".

No início de 1949, Barcelona já começava a esquecer a história de Mijail Kolvenik e Eva Irinova. A grande metrópole estava mudando de maneira irreversível e o mistério da Velo-Granell começou a fazer parte de um passado lendário, condenado a se perder para sempre.

11

O relato de Benjamín Sentís me perseguiu por toda a semana como uma sombra oculta. Quanto mais voltas dava, mais aumentava a impressão de que havia algumas peças faltando naquela história. Quais eram essas peças, já era outra história. Tais pensamentos me atormentavam de sol a sol, enquanto esperava com impaciência a volta de Germán e Marina.

À tarde, depois das aulas, ia à casa deles para ver se estava tudo em ordem. Invariavelmente, encontrava Kafka me esperando na porta principal, às vezes com o produto de uma caçada entre as garras. Eu derramava leite no prato dele e conversávamos, ou melhor, ele bebia seu leite e eu monologava. Mais de uma vez senti a tentação de aproveitar a ausência dos donos para explorar a casa, mas resisti. Dava para sentir o eco de suas presenças em cada canto e acostumei-me a esperar o anoitecer no casarão vazio, ao calor de sua companhia invisível. Sentava no salão dos quadros e passava horas admirando os retratos que Germán Blau fizera da esposa havia 15 anos. Via neles uma Marina adulta, a mulher em que ela já estava se transformando. E pensava com meus botões se algum dia seria capaz de criar alguma coisa de tanto valor. De algum valor.

No domingo, amanheci plantado como uma árvore na estação de Francia. Ainda faltavam duas horas para a chegada do expresso de Madri. Resolvi percorrer o edifício. Sob a abóbada, trens e pessoas estranhas se reuniam como peregrinos. Sempre pensei que as velhas estações de trem são um dos poucos lugares mágicos que ainda restam no mundo. Nelas misturam-se os fantasmas de lembranças e despedidas com o início de centenas de viagens para destinos distantes, sem retorno. "Se algum dia me perder, podem me procurar numa estação de trem", pensei.

O apito do expresso de Madri me tirou dessas bucólicas meditações. O trem entrou na estação a pleno galope. Ele entrou na plataforma, e o gemido dos freios inundou o espaço. Lentamente, com a cadência própria de sua tonelagem, a composição parou. Os primeiros passageiros começaram a descer, filas de silhuetas sem nome. Percorri a plataforma com os olhos, o coração batendo apressado. De repente, vacilei: não teria me enganado de dia, de trem, de estação, de cidade, de planeta? Foi então que ouvi uma voz às minhas costas, inconfundível.

— Mas isso sim é que é uma surpresa, amigo Óscar. Sentimos sua falta.

— O mesmo digo eu — respondi, apertando a mão do velho pintor.

Marina estava descendo do vagão. Usava o mesmo vestido branco do dia da partida. Sorriu em silêncio, os olhos brilhantes.

— E então, como estava Madri? — improvisei, pegando a mala de Germán.

— Maravilhosa. E sete vezes maior do que a última vez que estive lá — disse Germán. — Se não parar de crescer, um dia desses a cidade vai despencar pelas beiradas da meseta ibérica.

Percebi no tom de voz de Germán um bom humor e uma energia especiais. Achei que era sinal de que as notícas do médico do Hospital de La Paz eram esperançosas. A caminho da saída, muito falante, Germán começou uma conversa sobre os avanços das ciências ferroviárias com um espantadíssimo carregador. Enquanto isso, pude ficar sozinho com Marina, que apertou minha mão com força.

— Como foi tudo? — murmurei. — Germán parece bem animado.

— Bem. Muito bem. Obrigado por ter vindo nos buscar.

— Obrigado a você por voltar — disse eu. — Barcelona parecia muito vazia por esses dias... Tenho um montão de coisas para contar.

Pegamos um táxi em frente da estação, um velho Dodge que fazia mais barulho do que o expresso de Madri. Subindo pelas Ramblas, Germán contemplava as pessoas, os mercados e os quiosques de flores e sorria, embevecido.

— Podem dizer o que quiserem, mas não existe uma rua como essa em nenhuma outra cidade do mundo, amigo Óscar. Podemos rir na cara de Nova York.

Marina aprovava os comentários do pai, que parecia mais jovem e cheio de vida após a viagem.

— Amanhã não é feriado? — perguntou Germán de repente.

— É — respondi.

— Quer dizer que amanhã você não tem aula...

— Tecnicamente, não...

Germán caiu na risada e por um segundo consegui ver nele o rapaz que fora um dia, décadas atrás.

— Então me diga, amigo Óscar, já tem alguma programação para amanhã?

Às oito da manhã eu já estava em sua casa, tal como ele tinha pedido. Na noite anterior prometi a meu tutor que dedicaria o dobro de horas aos estudos, todas as noites daquela semana, se ele me desse a segunda-feira livre, dado que era feriado.

— Não sei o que você anda aprontando ultimamente. Isso aqui não é um hotel, mas também não é uma prisão. Seu comportamento é responsabilidade sua... — comentou o padre Seguí, desconfiado. — Espero que saiba o que está fazendo, Óscar.

Ao chegar à mansão de Sarriá, encontrei Marina na cozinha preparando uma cesta com sanduíches e garrafas térmicas para as bebidas. Kafka se lambia e seguia seus movimentos com grande atenção.

— Aonde vamos? — perguntei, curioso.

— Surpresa — respondeu Marina.

Germán apareceu em seguida, eufórico e jovial. Estava vestido como um piloto de rally dos anos 20. Apertou minha mão e perguntou se podia dar uma ajudinha na garagem. Fiz que sim. Tinha acabado de descobrir que eles tinham uma garagem. Na verdade, eram três, como verifiquei ao dar a volta na propriedade junto com Germán.

— Fico muito contente que tenha podido vir, Óscar.

Parou em frente à terceira porta de garagem, um alpendre do tamanho de uma pequena casa coberto de hera. A alavanca da porta chiou quando abriu. Uma nuvem de poeira inundou o interior às escuras. Aquele lugar tinha todo o jeito de ter ficado fechado por uns vinte anos. Viam-se os restos de uma velha motocicleta, ferramentas enferrujadas e caixas empilhadas sob um manto de poeira da grossura de um tapete persa. Avistei uma lona cinzenta cobrindo o que parecia ser um automóvel. Germán levantou uma ponta da lona e indicou que eu fizesse o mesmo do outro lado.

— No três? — perguntou.

Ao sinal, os dois puxamos a lona com força e ela se levantou como um véu de noiva. Quando a nuvem de poeira se espalhou na brisa, a luz fraca que se insinuava entre o arvoredo revelou uma visão. Um deslumbrante Tucker cor de vinho, anos 50, de rodas cromadas, dormia no interior daquela caverna. Olhei para Germán, espantado. Ele sorriu, orgulhoso.

— Já não se fazem mais carros assim, amigo Óscar.

— Será que anda? — perguntei, observando aquilo que, para mim, era uma peça de museu.

— Isso que você está vendo é um Tucker, Óscar. Não anda, galopa.

Uma hora mais tarde, estávamos bordejando a estrada da costa. Ao volante, Germán exibia seus trajes de pioneiro do automobilismo e um sorriso de ganhador da loteria. Marina e eu também estávamos na frente, a seu lado. Kafka ficou com o banco traseiro todo para si, e dormia placidamente. Todos os carros nos ultrapassavam, mas seus ocupantes se viravam para contemplar o Tucker com assombro e admiração.

— Quando se tem classe, a velocidade é um detalhe — argumentava Germán.

Já estávamos bem perto de Blanes e eu ainda não sabia para onde estávamos indo. Germán parecia concentrado na direção e não quis desviar sua atenção. Dirigia com a mesma elegância que o caracterizava em tudo, dando passagem até para as formigas e cumprimentando ciclistas, transeuntes e motoristas da guarda civil. Depois de Blanes, uma placa anunciou o balneário de Tossa del Mar. Virei para Marina, que piscou para mim. Pensei que talvez estivéssemos indo para o castelo de Tossa, mas o Tucker contornou a cidadezinha e pegou a estrada estreita que ia para o norte, margeando a costa. Mais do que uma estrada, aquilo era uma faixa suspensa entre o céu e os penhascos, serpenteando em centenas de curvas fechadas. Entre os ramos dos pinheiros que se agarravam às ladeiras íngremes, dava para ver o mar estendido num manto azul incandescente. Uma centena de metros abaixo, dezenas de fendas e quinas inacessíveis traçavam uma rota secreta entre Tossa del Mar e Punta Prima, junto ao porto de Sant Feliu de Guíxols, a cerca de 20 quilômetros.

Depois de mais ou menos vinte minutos, Germán parou o carro à beira da estrada. Marina olhou para mim, indicando que tínhamos chegado. Descemos do carro e Kafka se afastou em direção aos pinheiros como quem já conhece o caminho. Enquanto Germán verificava se o Tucker estava com o freio puxado para não despencar ladeira abaixo, Marina se aproximou do penhasco que caía sobre o mar. Parei junto dela para contemplar a vista. Aos nossos pés, uma fenda em forma de meia-lua envolvia um braço de mar verde transparente. Mais adiante, o pano de fundo de rochas e praias desenhava um arco até Punta Prima, onde a silhueta da capela de Sant Elm se erguia como uma sentinela no alto da montanha.

— Venha, vamos! — me animou Marina.

Fui atrás dela pelo pinheiral. A trilha cruzava o terreno de uma antiga casa abandonada, que os arbustos tomaram para si. De lá, uma escada escavada na rocha deslizava até a praia de pedras douradas. Um bando de gaivotas levantou voo quando nos viu e se retirou para os penhascos que coroavam a fenda, traçando uma espécie de catedral de rocha, mar e luz. A água era tão cristalina que através dela dava para ver cada marca na areia do fundo do mar. Um pico de rocha se erguia bem no centro como a proa de um barco encalhado na areia. O cheiro de mar era intenso e uma brisa com gosto de sal penteava a costa. O olhar de Marina se perdeu no horizonte de prata e bruma.

— Este é o meu lugar favorito no mundo — disse.

Marina empenhou-se em me mostrar todos os cantos escondidos dos penhascos. Não demorei para entender que ia acabar quebrando o pescoço ou caindo de cabeça na água.

— Não sou uma cabra — argumentei, tentando dar algum bom senso àquela espécie de alpinismo sem cordas.

Ignorando minhas súplicas, Marina escalava paredes lixadas pelo mar e se enfiava em orifícios onde a maré respirava como uma baleia petrificada. Correndo o risco de arranhar meu orgulho pessoal, eu continuava esperando que a qualquer momento o destino aplicasse todos os artigos da lei da gravidade contra a minha pessoa. Meus prognósticos não demoraram a se realizar. Marina saltou para o outro lado de uma ilhota para inspecionar uma gruta nas rochas. Pensei comigo que, se ela conseguia, eu devia pelo menos tentar. Um segundo depois, minha carcaça mergulhava nas águas do Mediterrâneo e eu tiritava de frio e de vergonha. Marina olhava para mim das rochas, preocupada.

— Estou bem — gemi. — Não me machuquei.

— Está fria?

— Que nada! — gaguejei. — É uma sopa.

Marina sorriu e, diante de meus olhos atônitos, despiu o vestido branco e mergulhou na laguna. Apareceu do meu lado rindo. Tratava-se de uma loucura naquela época do ano. Nadamos com braçadas enérgicas e logo estávamos estendidos ao sol nas pedras mornas. Senti meu coração bater acelerado nas têmporas, mas não podia dizer com certeza se era por causa da água gelada ou das transparências que o banho revelava nas roupas de baixo de Marina. Ela percebeu meu olhar e se levantou para pegar o vestido, jogado nas rochas. Fiquei olhando enquanto ela caminhava entre as pedras, cada músculo de seu corpo desenhando-se sob a pele úmida quando desviava das rochas. Lambi meus lábios salgados e pensei que estava com uma fome de lobo.

Passamos o resto da tarde naquela enseada escondida do mundo, devorando os sanduíches da cesta, enquanto Marina contava a história singular da proprietária daquela casa de praia abandonada entre os pinheiros.

A casa tinha pertencido a uma escritora holandesa cuja visão foi sendo roubada dia após dia por uma estranha doença. Sabedora de seu destino, a escritora resolveu construir um refúgio nos penhascos e retirou-se para viver seus últimos dias de luz sentada diante da praia, contemplando o mar.

— Sua única companhia era Sacha, um pastor alemão, e seus livros prediletos — explicou Marina. — Quando perdeu completamente a visão, sabendo que seus olhos nunca mais contemplariam um novo amanhecer no mar, pediu aos pescadores que costumavam ancorar junto à enseada que tomassem conta de Sacha. Dias mais tarde, quando o sol despontou, pegou um barco a remo e se afastou mar adentro. Nunca mais foi vista por ninguém.

Por algum motivo, desconfiei que a história da escritora holandesa era uma invenção de Marina e disse isso a ela.

— Às vezes, as coisas mais reais só acontecem na imaginação, Óscar — disse ela. — A gente só se lembra do que nunca aconteceu.

Germán adormeceu, com o rosto escondido sob o chapéu e Kafka a seus pés. Marina observou o pai com tristeza. Aproveitando o sono de Germán, peguei sua mão e nos afastamos para o outro extremo da praia. Lá, sentados sobre um leito de pedras alisadas pelas ondas, contei tudo o que tinha acontecido em sua ausência. Não omiti nenhum detalhe, desde a estranha aparição da dama de negro na estação até a história de Mijail Kolvenik e da Velo-Granell, contada por Benjamín Sentís, sem esquecer da sinistra presença no meio da tempestade naquela noite em sua casa de Sarriá. Ela me ouviu em silêncio, ausente, com o olhar perdido na água que formava redemoinhos a seus pés. Ficamos um bom tempo em silêncio, calados, observando a silhueta distante da capelinha de Sant Elm.

— O que disse o médico do Hospital de La Paz? — perguntei finalmente.

Marina levantou os olhos. O sol começava a cair e um brilho cor de âmbar revelou seus olhos banhados de lágrimas.

— Que não resta muito tempo...

Virei e vi que Germán estava acenando para nós. Senti meu coração se encolher e um nó insuportável apertar minha garganta.

— Ele não acredita — disse Marina. — É melhor assim.

Olhei para ela de novo e vi que tinha enxugado as lágrimas rapidamente num gesto otimista. Surpreendi-me olhando fixamente para ela e, com uma coragem que não sei de onde veio, me inclinei sobre seu rosto buscando seus lábios. Marina pousou os dedos nos meus lábios e acariciou meu rosto, empurrando-me suavemente. Um segundo mais tarde, levantou-se e se afastou. Suspirei.

Levantei e fui na direção de Germán. Quando cheguei mais perto, vi que estava desenhando num pequeno caderno de notas. Recordei que não pegava num lápis ou num pincel havia anos. Germán levantou os olhos e sorriu para mim.

— Vamos ver se acha parecido, Óscar — disse despreocupadamente, mostrando o caderno.

Os traços a lápis evocavam o rosto de Marina com uma perfeição impressionante.

— É maravilhoso — murmurei.

— Gosta? Fico contente.

A silhueta de Marina se recortava no outro extremo da praia, imóvel diante do mar. Germán ficou contemplando a filha, primeiro, depois a mim. Destacou a folha e me entregou.

— É para você, Óscar, para que não se esqueça da minha Marina.

Na volta, o crepúsculo transformou o mar numa balsa de cobre derretido. Germán dirigia sorrindo e não parava de contar histórias sobre os muitos anos ao volante daquele velho Tucker. Marina ouvia, rindo das anedotas e sustentando a conversação com fios invisíveis de feiticeira. Eu ia calado, a testa apoiada na janela e a alma no fundo do bolso. No meio do caminho, Marina pegou minha mão em silêncio e segurou-a entre as suas.

Chegamos a Barcelona ao anoitecer. Germán insistiu em me acompanhar até a porta do internato. Estacionou o Tucker diante da grade e estendeu a mão. Marina desceu e atravessou o portão comigo. Sua presença me queimava e não sabia como ir embora de lá.

— Óscar, se tem alguma coisa....

— Não.

— Olhe, Óscar, tem coisas que você não pode entender, mas...

— Isso é evidente — cortei. — Boa noite.

Virei para fugir pelo jardim.

— Espere — disse Marina junto à grade.

Parei ao lado do tanque.

— Quero que saiba que hoje foi um dos melhores dias da minha vida — disse.

Quando me virei para responder, Marina já tinha ido embora.

Subi cada degrau da escada como se estivesse usando botas de chumbo. Cruzei com alguns de meus colegas. Eles olhavam para mim de banda, como se fosse um desconhecido. As fofocas sobre minhas misteriosas ausências tinham se espalhado pelo colégio. Pouco me importava. Peguei um jornal na mesa do corredor e fui me refugiar em meu quarto. Estendido na cama com as páginas dobradas no peito. Ouvi vozes no corredor. Acendi o abajur e mergulhei no mundo do jornal, tão irreal para mim. O nome de Marina surgia em cada linha. "Vai passar", pensei. Nada melhor do que ler a respeito dos problemas dos outros para esquecer os próprios. Guerras, fraudes, assassinatos, hinos, desfiles e futebol. O mundo continuava igual. Mais tranquilo, continuei a leitura. No princípio, nem notei. Era uma notícia pequena, uma notinha para encher espaço. Dobrei melhor o jornal e me aproximei da luz.

CADÁVER DESCOBERTO NUM TÚNEL DO SISTEMA DE ESGOTOS DO BAIRRO GÓTICO

(Barcelona) Gustavo Berceo, redação.

O corpo de Benjamín Sentís, 83 anos, natural de Barcelona, foi encontrado na madrugada de sexta-feira numa boca do coletor 4 da rede de esgoto de Ciutat Vella. Ainda não se sabe como o cadáver foi parar nesse trecho, desativado desde 1941. Aparentemente, a causa da morte foi uma parada cardíaca, mas, segundo fontes seguras, o corpo teve as duas mãos amputadas. Benjamín Sentís, aposentado, adquiriu uma certa notoriedade nos anos 40, por seu envolvimento no escândalo da Velo-Granell, empresa da qual era sócio-acionista. Nos últimos anos, vivia recluso num pequeno apartamento na calle Princesa, sem parentes conhecidos e praticamente arruinado.

12

Passei a noite em claro, remoendo a história que Sentís tinha me contado. Reli a notícia de sua morte várias vezes, esperando encontrar alguma pista secreta entre os pontos e vírgulas. O velho não quis revelar que era o antigo sócio de Kolvenik na Velo-Granell. Se o resto da história era verdade, deduzi que Sentís era o filho do fundador da empresa, que tinha herdado cinquenta por cento das ações da empresa depois que Kolvenik foi nomeado diretor-geral. Esta revelação trocava todas as peças do quebra-cabeça de lugar. Se Sentís tinha mentido sobre isso, podia ter mentido sobre todo o resto também. A luz do dia me surpreendeu tentando desvendar o significado daquela história e de seu desfecho.

Naquele mesmo dia, uma terça-feira, fugi no intervalo do meio-dia para me encontrar com Marina.

Ela, que mais uma vez parecia ter lido meus pensamentos, esperava por mim no jardim com um exemplar do jornal da véspera na mão. Um simples olhar bastou para saber que já tinha lido a notícia da morte de Sentís.

— Esse tal de Sentís mentiu para você...

— E agora está morto.

Marina deu uma olhada para a casa, como se temesse que Germán pudesse nos ouvir.

— É melhor a gente sair para dar uma volta — propôs.

Concordei, embora tivesse que voltar para a escola em meia hora. Nossos passos nos levaram para o parque de Santa Amelia, na divisa com o bairro de Pedralbes. Uma mansão recentemente restaurada como centro cultural se erguia no coração do parque. Um de seus antigos salões hospedava agora uma cafeteria. Escolhemos uma mesa ao lado de um janelão. Marina leu em voz alta a notícia que eu já era capaz de recitar de cor.

— Não fala em assassinato em lugar nenhum — comentou Marina, não muito convencida.

— Nem precisava. Um homem que viveu recluso por vinte anos aparece morto nos esgotos, onde, de quebra, alguém se divertiu amputando suas duas mãos antes de abandonar o corpo...

— Tem razão. É assassinato.

— É mais do que um assassinato — disse eu, com os nervos à flor da pele. — O que Sentís estava fazendo num túnel de esgoto desativado no meio da noite?

Um garçom que estava secando copos com cara de tédio ouvia nossa conversa.

— Fale mais baixo — sussurrou Marina.

Concordei e tentei me acalmar.

— Talvez fosse melhor procurar a polícia e contar tudo o que sabemos — comentou Marina.

— Mas não sabemos de nada — retruquei.

— Sabemos um pouco mais do que eles, provavelmente. Uma semana atrás, uma mulher misteriosa mandou te entregar um cartão com o endereço de Sentís e o símbolo da borboleta negra. Você vai visitar Sentís, que diz que não sabe nada sobre o assunto, mas conta uma história estranha sobre Mijail Kolvenik e a empresa Velo-Granell, envolvida num escândalo há quarenta anos. Por algum motivo, esquece de dizer que faz parte da história, pois, na verdade, é o filho do fundador, o homem para quem o tal Kolvenik criou mãos artificiais depois de um acidente na fábrica... Sete dias depois, Sentís aparece morto no esgoto...

— Sem as mãos ortopédicas... — acrescentei, lembrando que Sentís não quis apertar minha mão quando me recebeu.

Ao pensar na sua mão rígida, senti um calafrio.

— Por alguma razão, quando entramos naquela estufa atravessamos o caminho de alguém — disse, tentando organizar meus pensamentos — e agora passamos a fazer parte dele. A mulher de negro me procurou com esse cartão...

— Óscar, não sabemos se ela realmente mandou procurar você, nem quais seriam os seus motivos. Não sabemos nem quem ela é...

— Mas ela sabe quem somos e onde nos encontrar. E se ela sabe...

Marina suspirou.

— Vamos ligar agora mesmo para a polícia e esquecer essa história o quanto antes — disse. — Não gosto disso, e além do mais não é da nossa conta.

— Passou a ser a partir do instante em que resolvemos seguir a dama de negro no cemitério...

Marina desviou os olhos para o parque. Dois meninos brincavam com uma pipa, tentando levantá-la ao vento. Sem tirar os olhos deles, murmurou lentamente:

— O que você sugere, então?

Ela sabia perfeitamente o que eu tinha em mente.

O sol estava se pondo atrás da igreja da Plaza Sarriá quando Marina e eu entramos no Paseo Bonanova rumo à estufa. Tivemos o cuidado de pegar uma lanterna e uma caixa de fósforos. Dobramos na calle Iradier e pegamos as vielas solitárias que margeiam a ferrovia. O eco dos trens subindo para Vallvidrera se infiltrava entre o arvoredo. Logo encontramos a ruazinha onde perdemos a dama de negro de vista e, ao fundo, o portão que ocultava a estufa.

Um manto de folhas secas cobria o pavimento de pedras. Sombras gelatinosas se estendiam ao redor de nós enquanto penetrávamos no matagal. O mato assobiava no vento e o rosto da lua sorria entre pedaços de céu. Quando a noite caiu, a hera que cobria a estufa me fez pensar numa cabeleira de serpentes. Contornamos a estrutura do edifício e encontramos a porta traseira. A luz de um fósforo revelou o símbolo de Kolvenik e da Velo-Granell, encoberto pelo musgo. Engoli em seco e olhei para Marina. Seu rosto emanava um brilho cadavérico.

— Voltar aqui foi ideia sua... — disse.

Liguei a lanterna e sua luz avermelhada inundou a soleira da estufa. Dei uma olhada antes de entrar. À luz do dia, achei aquele lugar sinistro. Agora, de noite, parecia o cenário de um pesadelo. O feixe de luz da lanterna revelava relevos sinuosos entre escombros. Caminhava com Marina atrás de mim, apontando a lanterna para a frente. O solo, úmido, rangia à nossa passagem. O arrepiante chiado dos bonecos de madeira roçando uns nos outros chegou aos nossos ouvidos. Esquadrinhei o sudário de sombras no coração da estufa. Por um instante, não consegui lembrar se tínhamos reerguido ou não a treliça que sustentava os bonecos quando saímos de lá. Olhei para Marina e vi que estava pensando o mesmo.

— Alguém esteve aqui desde a última vez... — disse, apontando para os bonecos suspensos no teto a meia altura.

Um mar de pés balançava. Senti uma rajada de frio na base da nuca e compreendi que alguém tinha descido os bonecos novamente. Sem perder mais tempo, fui até a escrivaninha e passei a lanterna para Marina.

— O que estamos procurando? — murmurou ela.

Indiquei o álbum de fotografias antigas sobre a mesa. Peguei-o e enfiei na bolsa que carregava no ombro.

— Esse álbum não é nosso, Óscar, não sei se...

Ignorei seus protestos e ajoelhei para inspecionar as gavetas da escrivaninha. A primeira continha todo tipo de ferramentas enferrujadas, facões, martelos e serras sem fio. A segunda estava vazia. Pequenas aranhas negras corriam pelo fundo, buscando refúgio nas frestas da madeira. Fechei e tentei a sorte com a terceira. A fechadura estava trancada.

— O que houve? — ouvi Marina sussurrar, com a voz carregada de tensão.

Peguei um dos facões da primeira gaveta e tentei arrombar a fechadura. Atrás de mim, Marina segurava a lanterna no alto, observando as sombras dançantes que deslizavam pelas paredes da estufa.

— Ainda falta muito?

— Calma. É só um minuto.

Deslizei o facão pela superfície da fechadura, forçando seu contorno com a ponta da faca. A madeira seca, podre, cedia com facilidade sob a minha pressão. O rangido da madeira estilhaçada produzia um gemido alto. Marina se agachou ao meu lado e deixou a lanterna no chão.

— Que barulho é esse? — perguntou em seguida.

— Não é nada. É a madeira da gaveta quando cede...

Ela pousou a mão nas minhas, detendo-me. Por um instante, o silêncio nos envolveu. Senti o pulso acelerado de Marina sobre minha mão. Foi então que também percebi aquele ruído. Estalidos de madeira, vindos do alto. Alguma coisa estava se movendo no meio dos bonecos pendurados no escuro. Forcei a vista, justo a tempo de perceber o contorno de algo que me pareceu ser um braço se movendo sinuosamente. Uma das figuras estava se soltando, deslizando como uma serpente entre galhos. Outros bonecos começaram a se mexer ao mesmo tempo. Agarrei o facão com força e levantei, trêmulo. Naquele exato minuto, alguém ou alguma coisa retirou a lanterna dos nossos pés. Ela rodou até um canto e depois mergulhamos na mais completa escuridão. Foi aí que ouvimos um zumbido. Chegando cada vez mais perto.

Agarrei a mão da minha amiga e saímos correndo para a porta. À nossa passagem, a treliça com os bonecos ia descendo lentamente, braços e pernas roçando nossas cabeças, lutando para se agarrar em nossas roupas. Senti unhas de metal em minha nuca. Ouvi Marina gritar ao meu lado e empurrei-a na minha frente através daquele túnel infernal de criaturas que desciam das trevas.

Os raios de luar que penetravam por entre os galhos de hera revelavam visões de rostos quebrados, olhos de vidro e dentaduras esmaltadas.

Dei vários golpes com o facão de um lado para outro, com toda a força. Senti quando ele rasgou um corpo duro. Um fluido espesso impregnou meus dedos. Retirei a mão. Alguma coisa puxou Marina para as sombras. Ela gritou de terror e pude ver o rosto sem olhar, de órbitas vazias e negras, da bailarina de madeira e seus dedos afiados como navalhas tentando apertar sua garganta. Joguei-me com todas as minhas forças contra ela, que caiu no chão. Grudado em Marina, corremos até a porta, enquanto a figura decapitada da bailarina levantava novamente, uma marionete de fios invisíveis agitando garras que matraqueavam como se fossem tesouras.

Ao sair ao ar livre percebi que várias silhuetas escuras bloqueavam a passagem para a saída. Corremos na direção contrária até um galpão junto à parede que separava o solar da ferrovia. Décadas de sujeira empanavam as portas de vidro do galpão. Fechadas. Quebrei o vidro com o cotovelo e apalpei a fechadura por dentro. A maçaneta cedeu e a porta se abriu para dentro. Entramos apressados. As janelas traseiras desenhavam duas manchas de claridade leitosa. Dava para adivinhar a teia de aranha da fiação elétrica da ferrovia do outro lado. Marina virou um segundo para olhar para trás. Formas angulosas se recortavam na porta do galpão.

— Rápido! — gritou.

Olhei desesperadamente ao redor procurando alguma coisa para quebrar a janela. O cadáver ferruginoso de um velho automóvel apodrecia no escuro. A manivela do motor estava caída diante dele. Peguei-a e golpeei a janela várias vezes, protegendo-me da chuva de vidro. A brisa noturna soprou em meu rosto e senti o hálito viciado que emanava da boca do túnel.

— Por aqui!

Marina se jogou dentro do vão da janela, enquanto eu contemplava as silhuetas se arrastando lentamente para o interior do galpão. Segurei a manivela com as duas mãos. De repente, os bonecos pararam e deram um passo atrás. Olhei sem entender e então ouvi aquela respiração mecânica em cima de mim. Pulei instintivamente na direção da janela, bem na hora em que um corpo se soltava do teto. Reconheci a figura do policial sem braço. Seu rosto parecia coberto por uma máscara de pele morta, costurada grosseiramente. As costuras sangravam.

— Óscar! — gritou Marina do outro lado da janela.

Enfiei-me naquela boca de estilhaços denteados e senti uma língua de vidro me cortar através do tecido das calças, abrindo a pele num corte seco.

Aterrissei do outro lado e a dor me atingiu subitamente. Senti o fluxo morno do sangue por baixo da roupa. Marina me ajudou a levantar e fomos pulando os trilhos do trem até o outro lado. Naquele momento, alguma coisa agarrou meu tornozelo e caí de bruços na ferrovia. Virei, meio tonto. A mão de uma monstruosa marionete envolvia meu pé. Apoiando-me no trilho, senti o metal vibrar. A luz distante de um trem se refletia nos muros. Ouvi o chiado das rodas e senti o chão tremer sob meu corpo.

Marina gemeu ao perceber que um trem se aproximava a toda velocidade. Ela ajoelhou-se aos meus pés e lutou contra os dedos de madeira que me agarravam. As luzes do trem caíram em cima dela. Ouvi o apito, uivando. O boneco jazia inerte, mas aguentava sua presa, inexorável. Marina tentava me soltar com as duas mãos. Um dos dedos cedeu. Marina suspirou. Meio segundo mais tarde, o corpo se levantou e agarrou o braço de Marina com a outra mão. Com a manivela ainda nas mãos, bati com todas as minhas forças no rosto da figura imóvel até quebrar a estrutura do crânio. E comprovei horrorizado que aquilo que eu pensava que era madeira, na verdade era osso. Havia vida naquela criatura.

O rugido do trem se tornou ensurdecedor, afogando nossos gritos. As pedras entre os trilhos tremiam. O feixe de luz do farol do trem nos envolveu em seu halo. Fechei os olhos e continuei batendo com toda a alma naquele boneco sinistro até sentir a cabeça se soltar do corpo. Só então as garras nos libertaram. Rodamos sobre as pedras, cegos pela luz. Toneladas de aço passaram a poucos centímetros dos nossos corpos, arrancando uma chuva de faíscas. Os fragmentos despedaçados da criatura foram lançados longe, fumegando como brasas que saltam de uma fogueira.

Quando o trem acabou de passar, abrimos os olhos. Virei para Marina, dando a entender que estava tudo bem. Levantamos lentamente. Só então voltei a sentir a pontada de dor em minha perna. Marina colocou meu braço sobre seus ombros e assim alcançamos o outro lado da ferrovia. Quando chegamos, viramos para olhar para trás. Alguma coisa se movia entre os trilhos, brilhando sob o luar. Era uma mão de madeira, serrada pelas rodas do trem. A mão ainda se agitava em espasmos cada vez mais espaçados, até parar por completo. Sem dizer uma palavra, subimos por entre os arbustos até uma viela que ia dar na calle Anglí. Os sinos da igreja soavam à distância.

Por sorte, Germán cochilava em seu ateliê quando chegamos. Marina me levou silenciosamente para um dos banheiros. Limpou a ferida da perna à luz das velas. Os ladrilhos esmaltados que cobriam as paredes e o chão refletiam as chamas. Uma banheira monumental apoiada em quatro patas de ferro se erguia bem no centro.

— Tire as calças — disse Marina, de costas para mim, procurando alguma coisa no armarinho.

— O quê?

— Isso mesmo que você ouviu.

Fiz o que mandou e estiquei a perna sobre a borda da banheira. O corte era mais profundo do que eu tinha pensado e o contorno tinha adquirido um tom arroxeado. Fiquei enjoado. Marina ajoelhou a meu lado e examinou a ferida cuidadosamente.

— Dói?

— Só quando eu olho.

Minha enfermeira improvisada pegou um algodão embebido em álcool e aproximou do corte.

— Vai arder...

Quando o álcool mordeu a ferida, agarrei a borda da banheira com tanta força que acho que minhas impressões digitais ficaram gravadas na louça.

— Sinto muito — murmurou Marina, soprando o corte.

— Quem sente mais sou eu.

Respirei profundamente e fechei os olhos enquanto ela continuava a limpar a ferida meticulosamente. Finalmente, pegou uma gaze no armário e aplicou sobre o corte. Prendeu o esparadrapo com jeito de quem sabe, sem tirar os olhos do que estava fazendo.

— Não estavam atrás de nós — disse Marina.

Não entendi muito bem a quem ela se referia.

— Esses bonecos da estufa — explicou sem me olhar. — Estavam procurando o álbum de fotografias. Não devíamos ter levado...

Senti seu hálito sobre minha pele enquanto aplicava outra gaze limpa.

— Sobre o que aconteceu no outro dia, na praia... — comecei.

Marina parou e levantou os olhos.

— Nada, esquece.

Marina aplicou a última tira de esparadrapo e ficou me olhando em silêncio. Pensei que ia me dizer alguma coisa, mas simplesmente se levantou e saiu do banheiro.

Fiquei sozinho com as velas e um par de calças inúteis.

13

Quando cheguei ao internato, depois da meia-noite, todos os meus colegas já estavam deitados, embora as fechaduras de seus quartos ainda lançassem agulhas de luz que iluminavam o corredor. Deslizei na ponta dos pés para o meu quarto. Fechei a porta com todo o cuidado e olhei o despertador da mesinha. Quase uma da manhã. Liguei o abajur e tirei da bolsa o álbum de fotos roubado da estufa.

Abri e mergulhei de novo na galeria de personagens que o povoavam. Uma imagem mostrava uma mão cujos dedos eram unidos por membranas, como as de um anfíbio. Junto a ela, uma menina de longos cachos louros vestida de branco oferecia um sorriso quase demoníaco, com caninos pontiagudos despontando entre os lábios. Página após página, caprichos cruéis da natureza desfilavam diante de mim. Dois irmãos albinos cuja pele parecia em chamas com a simples claridade de uma vela. Siameses unidos pela cabeça, rosto contra rosto pelo resto da vida. O corpo nu de uma mulher cuja coluna vertebral se retorcia como um galho seco... Muitos deles eram crianças ou jovens. Muitos pareciam mais novos do que eu. Pouquíssimos adultos ou velhos. Compreendi que a esperança de vida para aqueles infelizes era mínima.

Recordei as palavras de Marina, dizendo que o álbum não era nosso e que não devíamos tê-lo pegado. Agora, que a adrenalina tinha evaporado do meu sangue, essa ideia ganhou um outro significado. Ao examiná-lo, estava profanando uma coleção de lembranças que não me pertenciam. Percebi que aquelas imagens de tristeza e infortúnio formavam, à sua maneira, um álbum de família. Passei as páginas repetidas vezes, pensando que existia entre elas um vínculo que ia além do espaço e do tempo. Finalmente, fechei o álbum e o guardei de novo na bolsa. Apaguei a luz, e a imagem de Marina caminhando em sua praia deserta inundou minha mente. Fiquei olhando ela se afastar pela beira da água até o sono calar a voz da maré.

Por um dia, a chuva se cansou de Barcelona e partiu rumo ao norte. Como um fugitivo, matei a última aula daquela tarde para me encontrar com Marina. As nuvens tinham se aberto revelando um telão azul. Uma língua de sol salpicava as ruas. Ela estava me esperando no jardim, concentrada em seu caderno secreto. Assim que me viu, apressou-se em fechá-lo. Fiquei me perguntando se estaria escrevendo sobre mim ou sobre o que tinha acontecido na estufa.

— Como vai a sua perna? — perguntou, abraçando o caderno com os dois braços.

— Acho que vou sobreviver. Vem, quero te mostrar uma coisa.

Peguei o álbum e sentei perto dela na fonte. Abri e passei várias folhas. Marina suspirou em silêncio, perturbada pelas imagens.

— Aqui está — disse eu, parando numa foto que estava quase no fim do álbum. — Hoje de manhã quando levantei, a coisa me veio à cabeça. A ficha não tinha caído, mas agora...

Marina observou a foto que eu mostrava. Era uma imagem em preto e branco, que a estranha nitidez que só os velhos retratos de estúdio possuem tornava fascinante. Mostrava um homem cujo crânio era brutalmente deformado e cuja espinha mal conseguia mantê-lo de pé, apoiado num jovem que usava jaleco branco, óculos redondos e uma gravata-borboleta que combinava com o bigode cuidadosamente recortado. Um médico. Ele encarava a câmera. O paciente cobria os olhos com a mão, provavelmente envergonhado de sua condição. Atrás deles via-se o biombo de um vestiário e o que parecia ser um consultório. Num canto, dava para ver uma porta entreaberta. Através dela, olhando timidamente para a cena, uma menina muito pequena segurando uma boneca. A fotografia parecia mais um documento médico de arquivo que qualquer outra coisa.

— Olha bem — insisti.

— Não vejo nada além de um pobre homem...

— Não olha para ele. Atrás dele.

— Uma janela...

— O que se vê pela janela?

Marina franziu o cenho.

— Não está reconhecendo? — perguntei, indicando a figura de um dragão decorando a fachada do edifício que ficava em frente à saleta onde a fotografia tinha sido tirada.

— Já vi isso em algum lugar...

— Foi o que eu pensei — concordei. — Aqui em Barcelona. Nas Ramblas, na frente do Teatro del Liceo. Examinei todas e cada uma das fotos desse álbum e esta é a única que foi tirada em Barcelona.

Retirei a foto do álbum e entreguei a Marina. No verso, em letras quase apagadas, se lia:

Estúdio Fotográfico Martorell-Borrás — 1951
Cópia — Doutor Joan Shelley
Rambla de los Estudiantes 46-48, 1º Barcelona

Marina devolveu a foto, dando de ombros.

— Essa foto foi tirada há quase trinta anos, Óscar... Não significa mais nada...

— Procurei na lista telefônica hoje de manhã. O dr. Shelley ainda aparece como ocupante do 46-48 da Rambla de los Estudiantes, primeiro andar. Sabia que aquilo significava alguma coisa. Logo em seguida, lembrei que Sentís mencionou que o dr. Shelley foi o primeiro amigo de Mijail Kolvenik quando chegou em Barcelona...

Marina me examinou.

— E para comemorar, você fez alguma coisa além de consultar a lista...

— Liguei — admiti. — Quem respondeu foi a filha dele, María. Eu disse que era extremamente importante para nós falar com o pai dela.

— E ela deu ouvidos?

— No começo, não, mas quando mencionei o nome de Mijail Kolvenik, a voz dela mudou. E o pai aceitou nos receber.

— Quando?

Consultei o relógio.

— Daqui a quarenta minutos.

Pegamos o metrô até a Plaza Cataluña. A tarde começava a cair quando subimos as escadas que davam para a entrada das Ramblas. O Natal estava chegando, com a cidade toda enfeitada de guirlandas de luz. Os lampiões desenhavam reflexos multicoloridos sobre o passeio. Bandos de pombos esvoaçavam entre quiosques de flores e cafés, músicos ambulantes e coristas, turistas e nativos, policiais e trambiqueiros, cidadãos e fantasmas de outras épocas. Germán tinha razão: não havia uma rua como aquela em todo o mundo.

A silhueta do Gran Teatro del Liceo se ergueu diante de nós. Era noite de ópera e as guirlandas de luzes das marquises estavam acesas. Do outro lado do passeio, reconhecemos o dragão verde da fotografia na esquina de uma fachada, contemplando os passantes. Ao vê-lo pensei que a história tinha reservado os altares e os santinhos para São Jorge, mas a cidade de Barcelona fora reservada perpetuamente para o dragão.

O antigo consultório do dr. Joan Shelley ocupava o primeiro andar de um velho edifício de ar distinto e iluminação fúnebre. Atravessamos um vestíbulo cavernoso de onde uma escadaria suntuosa subia em espiral. Nossos passos se perderam no eco da escada. Observei que todas as aldabras das portas tinham a forma de rostos de anjo. Vidraças dignas de uma catedral rodeavam o respiradouro, transformando o edifício no maior caleidoscópio do mundo. O primeiro andar, como costumava acontecer nos edifícios da época, não era o primeiro, mas o terceiro, depois da sobreloja e do andar denominado principal. Subimos então e chegamos à porta em que uma velha placa de bronze anunciava: *Dr. Joan Shelley*. Olhei para o relógio. Faltavam dois minutos para a hora marcada quando Marina apertou a campainha.

Sem dúvida, a mulher que abriu a porta tinha fugido de uma pintura sacra. Etérea, virginal, envolta num ar místico. Sua pele era branca como a neve, quase transparente, e seus olhos, tão claros que mal tinham cor. Um anjo sem asas.

— Sra. Shelley? — perguntei.

Ela aceitou essa identidade, com o olhar aceso de curiosidade.

— Boa tarde — comecei. — Meu nome é Óscar. Falei com a senhora hoje de manhã.

— Claro, eu lembro. Entre...

Abriu passagem. María Shelley se deslocava como uma bailarina saltando entre as nuvens, em câmera lenta. Era de constituição frágil e emanava um aroma de água de rosas. Calculei que devia ter trinta e poucos anos, mas parecia mais jovem. Tinha uma gaze enrolada no pulso e um lenço envolvia seu pescoço de cisne. O hall era uma câmara escura entremeada de veludo e espelhos fumês. A casa cheirava a museu, como se o ar estivesse preso ali dentro havia muitas décadas.

— Agradecemos muito por ter aceito nos receber. Essa é a minha amiga Marina.

María pousou o olhar em Marina. Sempre me pareceu fascinante ver como as mulheres se examinam umas às outras. Aquela não foi uma exceção.

— Encantada — disse afinal María Shelley, arrastando as palavras. — Meu pai é um homem de idade avançada e de temperamento um tanto instável. Peço por favor que não o cansem muito.

— Não se preocupe — disse Marina.

Convidou-nos a segui-la até lá dentro. Definitivamente, María Shelley se movia com uma elasticidade vaporosa.

— Então é você que tem algo que pertenceu a Mijail Kolvenik? — perguntou María.

— Conheceu Kolvenik? — respondi, devolvendo a pergunta.

Seu rosto se iluminou com lembranças de outros tempos.

— Na verdade, não... Mas ouvi muito falar dele. Quando criança — disse, quase para si mesma.

As paredes forradas de veludo negro estavam cobertas de estampas de santos, virgens e mártires em agonia. Os tapetes eram escuros e absorviam a pouca luz que se filtrava entre as frestas das janelas fechadas. Enquanto seguíamos nossa anfitriã por aquela galeria, fiquei me perguntando há quanto tempo vivia ali, sozinha com o pai. Teria se casado, teria vivido, amado ou sentido alguma coisa fora do mundo opressivo daquelas paredes?

María Shelley parou diante de uma porta corrediça e bateu com os nós dos dedos.

— Pai?

O dr. Joan Shelley, ou o que restava dele, estava sentado numa poltrona diante do fogo, debaixo de várias camadas de cobertores. Sua filha nos deixou à sós com ele. Tratei de afastar os olhos de sua cinturinha de vespa enquanto ela saía. O velho médico, em quem mal se reconhecia o homem do retrato que estava em meu bolso, nos examinava em silêncio. Seus olhos destilavam suspeita. Uma de suas mãos tremia ligeiramente sobre o braço da poltrona. Seu corpo cheirava a doença sob uma máscara de água de colônia. Seu sorriso irônico não escondia o desgosto que o mundo e seu próprio estado lhe inspiravam.

— O tempo faz com o corpo o que a estupidez faz com a alma — disse, apontando para si mesmo. — Apodrece. O que desejam?

— Queríamos saber se pode nos falar de Mijail Kolvenik.

— Posso, mas não vejo motivo — cortou o médico. — Já se falou muito dele em sua época e apenas mentiras. Se as pessoas pensassem um quarto do que falam, o mundo seria um paraíso.

— Claro, mas estamos interessados na verdade — comentei.

O velho fez uma careta zombeteira.

— A verdade não pode ser encontrada, filho. É ela quem nos encontra.

Sorri com docilidade, mas começava a suspeitar de que o velho não tinha nenhum interesse em soltar a língua. Intuindo minhas suspeitas, Marina tomou a iniciativa.

— Dr. Shelley — disse com doçura —, acidentalmente, chegou às nossas mãos uma coleção de fotografias que pode ter pertencido ao sr. Mijail Kolvenik. Uma dessas fotos retrata o senhor com um de seus pacientes. Por esse motivo, nos atrevemos a vir incomodá-lo, com a esperança de devolver a coleção a seu legítimo dono ou a quem de direito.

Dessa vez, não obteve uma frase lapidar como resposta. O médico observou Marina, sem ocultar uma certa surpresa. Não sei por que não me ocorreu usar um ardil desse tipo. Resolvi que quanto mais deixasse a conversação a cargo de Marina, melhor seria.

— Não sei de que fotografias está falando, senhorita...

— Trata-se de um arquivo que mostra pacientes portadores de más-formações... — esclareceu Marina.

Um brilho se acendeu nos olhos do médico. Tínhamos tocado algum nervo. Afinal, havia vida por baixo dos cobertores.

— O que a faz pensar que essa tal coleção pertence a Mijail Kolvenik? — perguntou, fingindo indiferença. — Ou que eu tenha alguma coisa a ver com ela?

— Sua filha nos disse que os senhores eram amigos — disse Marina, desviando um pouco.

— María tem a virtude da ingenuidade — cortou Shelley, hostil.

Marina fez que sim, levantou e fez sinal para que eu fizesse o mesmo.

— Entendo — disse delicadamente. — Creio que nós nos enganamos. Sinto muito por tê-lo incomodado, doutor. Vamos, Óscar. Não vai ser difícil encontrar a quem entregar a coleção...

— Um momento — cortou Shelley.

Depois de pigarrear, indicou que nos sentássemos de novo.

— Ainda estão com a coleção?

Marina fez que sim, sustentando o olhar do velho. De repente, ele soltou algo que supus que fosse uma gargalhada. Soava como um monte de folhas de jornal sendo amassadas.

— Como vou saber que estão dizendo a verdade?

Marina lançou uma ordem muda. Tirei a foto do bolso e estendi ao dr. Shelley, que pegou-a com a mão trêmula e examinou. Estudou a fotografia por um bom tempo. Finalmente desviando os olhos para o fogo, começou a falar.

Segundo nos contou, o dr. Shelley era filho de pai inglês e mãe catalã. Especializou-se em traumatologia num hospital de Bournemouth. Quando resolveu se estabelecer em Barcelona, sua condição de estrangeiro fechou as portas dos círculos sociais onde se elaboravam as carreiras promissoras. Tudo o que conseguiu foi uma colocação na unidade médica da prisão. Foi ele quem atendeu Mijail Kolvenik, quando este foi vítima de um brutal espancamento naqueles calabouços. Naquela época, Kolvenik não falava castelhano nem catalão. Teve sorte, pois Shelley falava um pouco de alemão. O médico lhe emprestou dinheiro para comprar roupas, hospedou-o em sua casa e ajudou-o a arranjar emprego na Velo-Granell. Isso despertou um afeto enorme em Kolvenik, que nunca esqueceu sua bondade. Uma profunda amizade nasceu entre os dois.

Mais adiante, aquela amizade daria origem a uma relação profissional. Muitos dos pacientes do dr. Shelley precisavam de peças ortopédicas e próteses especiais. A Velo-Granell era líder do setor e, entre seus projetistas, nenhum era mais talentoso do que Mijail Kolvenik. Com o tempo, Shelley se transformou no médico particular de Kolvenik. Quando a fortuna lhe sorriu, Kolvenik fez questão de ajudar o amigo, financiando a criação de um centro médico especializado no estudo e tratamento de doenças degenerativas e más-formações congênitas.

O interesse de Kolvenik pelo tema remontava à sua infância em Praga. Shelley contou que a mãe de Mijail Kolvenik tinha dado à luz gêmeos. O primeiro, Mijail, nasceu forte e saudável. O outro, Andrej, veio ao mundo com uma má-formação óssea e muscular incurável, que daria cabo de sua vida sete anos depois. Esse episódio marcou a memória do jovem Mijail e, de algum modo, a sua vocação. Kolvenik sempre pensou que, com cuidados médicos adequados e o desenvolvimento de uma tecnologia que substituísse o que a natureza havia negado, seu irmão poderia ter chegado à idade adulta e ter vivido uma vida plena. Foi essa crença que o levou a dedicar seu talento ao desenho de mecanismos que, como ele gostava de dizer, "completassem" corpos que a Providência tinha deixado de lado.

"A natureza é como uma criança que brinca com as nossas vidas. Quando cansa dos brinquedos quebrados, ela os abandona e substitui por outros" — dizia Kolvenik. "É responsabilidade nossa recolher as peças e reconstruí-las."

Alguns viam tais palavras como uma arrogância que beirava a blasfêmia; outros só viam esperança. A sombra de seu irmão nunca abandonou Mijail Kolvenik. Acreditava que um acaso caprichoso e cruel tinha decidido que ele viveria e seu irmão nasceria com a morte estampada no corpo. Shelley contou que Kolvenik se sentia culpado por isso e carregava no fundo do coração uma dívida para com Andrej e todos aqueles que, como o irmão, nasciam marcados pelo estigma da imperfeição. Foi por essa época que Kolvenik começou a reunir fotografias de fenômenos e deformações de todo o mundo. Para ele, aqueles seres abandonados pelo destino eram os irmãos invisíveis de Andrej. Sua família.

— Mijail Kolvenik era um homem brilhante — continuou o dr. Shelley. — Esses indivíduos sempre inspiram receio naqueles que se sentem inferiorizados. A inveja é um cego que quer arrancar os olhos do outro. Tudo o que falaram de Mijail Kolvenik nos últimos anos e depois de sua morte não passa de calúnia... Aquele maldito inspetor... Florián. Nunca conseguiu entender que estava sendo usado como um fantoche para derrubar Mijail...

— Florián? — interveio Marina.

— Florián era o inspetor-chefe da brigada judicial — disse Shelley, mostrando o máximo de desprezo que suas cordas vocais lhe permitiam. — Um oportunista, um verme que queria fazer nome em cima da Velo-Granell e de Mijail Kolvenik. Só o que me consola é saber que nunca conseguiu provar nada. E que essa obsessão acabou com sua carreira. Foi ele quem tirou da manga todo aquele escândalo dos corpos...

— Corpos?

Shelley mergulhou num longo silêncio. Olhou para nós dois e o sorriso cínico voltou a aflorar em seus lábios.

— Esse tal de inspetor Florián... — perguntou Marina — sabe onde poderíamos encontrá-lo?

— Num circo, com o resto dos palhaços — replicou Shelley.

— Por acaso conheceu Benjamín Sentís, doutor? — perguntei, tratando de retomar a conversa.

— Claro — devolveu Shelley. — Falava com ele regularmente. Como sócio de Kolvenik, Sentís se encarregava da parte administrativa da Velo-Granell. Um poço de avareza que não conhecia seu lugar no mundo, essa é a minha opinião. Corroído pela inveja.

— Sabia que o corpo do sr. Sentís foi encontrado nos esgotos uma semana atrás? — perguntei.

— Leio jornais — respondeu ele friamente.

— Não achou estranho?

— Não mais do que o resto do que se lê na imprensa — replicou Shelley. — O mundo está doente. E estou começando a ficar cansado. Mais alguma coisa?

Queria perguntar sobre a dama de negro quando Marina se adiantou, negando com um sorriso. Shelley pegou uma campainha e apertou. María Shelley surgiu, o olhar pregado nos pés.

— Esses jovens já estão de saída, María.

— Sim, papai.

Levantamos. Fiz um gesto para recuperar a foto, mas a mão trêmula do médico foi mais rápida.

— Essa foto vai ficar comigo, se não se incomodam...

Dito isso, deu as costas e com um gesto ordenou à filha que nos acompanhasse até a porta. Um pouco antes de deixar a biblioteca, virei para dar uma última olhada no médico e pude ver que lançava a fotografia no fogo. Seus olhos embaçados ficaram olhando enquanto ela ardia em meio às chamas.

María Shelley nos guiou em silêncio até o hall e, uma vez lá, sorriu como quem se desculpa.

— Meu pai é um homem difícil, mas de bom coração... — justificou. — A vida lhe deu muitos dissabores e às vezes é traído por seu próprio temperamento.

Abriu a porta e acendeu a luz da escada. Li uma dúvida em seu olhar, como se quisesse dizer alguma coisa, mas não tivesse coragem. Marina também percebeu e estendeu-lhe a mão em forma de agradecimento. María Shelley apertou-a. A solidão transpirava pelos poros daquela mulher como um suor frio.

— Não sei o que meu pai contou a vocês... — disse, baixando a voz e olhando para os lados, assustada.

— María? — a voz do médico surgiu do interior do apartamento. — Está falando com quem?

Uma sombra cobriu o rosto de María.

— Já estou indo, papai, já estou indo...

Deu-nos um último olhar desolado e entrou no apartamento. Quando se virou, percebi uma pequena medalha pendurada em seu pescoço. Poderia jurar que era a figura de uma borboleta com as asas negras abertas. A porta se fechou sem dar tempo para que visse melhor. Ficamos do lado de fora, ouvindo a voz retumbante do médico destilando fúria sobre a filha. A luz da escada se apagou. Por um instante, tive a impressão de sentir o cheiro de carne em decomposição. Vinha de algum ponto das escadas, como se houvesse um animal morto naquela escuridão. Creio ter ouvido o som de passos que se afastavam para o alto, e o cheiro, ou impressão, desapareceu.

— Vamos embora daqui — disse eu.

14

Na volta para a casa de Marina, percebi que ela estava me olhando de rabo de olho.

— Não vai passar o Natal com a família?

Neguei, com o olhar perdido no trânsito.

— Por que não?

— Meus pais estão sempre viajando. Faz alguns anos que não passamos o Natal juntos.

Minha voz soou fria e hostil, sem que eu desejasse. Fizemos o resto do caminho em silêncio. Acompanhei Marina até o portão do casarão e me despedi.

Estava andando de volta para o internato quando começou a chover. Contemplei a fileira de janelas no quarto andar do colégio a distância. Apenas duas delas estavam iluminadas. A maioria dos internos tinha partido para as férias de Natal e não voltaria antes de três semanas. Todo ano era a mesma coisa. O internato ficava deserto e só dois ou três infelizes permaneciam ali aos cuidados dos tutores. Os dois anos anteriores foram piores, mas agora não me importava mais. De fato, preferia assim. A ideia de ficar longe de Marina e Germán me parecia inaceitável. Enquanto estivesse perto deles, não me sentiria sozinho.

Subi mais uma vez as escadas até o meu quarto. O corredor estava silencioso, abandonado. Aquela ala do internato estava deserta. Imaginei que só dona Paula estaria por lá. Era uma viúva encarregada da limpeza, que vivia sozinha num pequeno apartamento no terceiro andar. Dava para ouvir o murmúrio perene de sua televisão no andar de baixo. Percorri a longa fila de quartos vazios até chegar ao meu. Abri a porta. Um trovão retumbou sobre o topo da cidade e todo o edifício estremeceu. A luz do relâmpago atravessou as persianas fechadas da janela. Joguei-me na cama sem tirar a roupa. Ouvi a tempestade desabar lá fora, na escuridão. Abri a gaveta da mesinha de cabeceira e tirei o retrato a lápis que Germán tinha feito de Marina naquele dia na praia. Contemplei o desenho na penumbra até que o sono e o cansaço me venceram. Dormi segurando-o como se fosse um amuleto. Quando acordei, o retrato tinha desaparecido das minhas mãos.

Abri os olhos de repente. Senti frio e o hálito do vento na cara. A janela estava aberta e a chuva profanava meu quarto. Atordoado, levantei e procurei o abajur tateando na penumbra. Apertei o interruptor inutilmente. Não tinha luz. Só então percebi que o retrato que tinha adormecido comigo não estava em minhas mãos, nem na cama, nem no chão. Esfreguei os olhos, sem entender. De repente, senti. Intenso e penetrante. O mesmo fedor de podridão. No ar. No quarto. Em minha própria roupa, como se alguém tivesse esfregado o cadáver de um bicho em decomposição em minha pele enquanto eu dormia. Tive ânsias de vômito, mas consegui reprimir e um instante depois comecei a entrar em pânico. Não estava sozinho. Alguém ou algo tinha entrado por aquela janela enquanto eu dormia.

Lentamente, apalpando os móveis, fui até a porta. Liguei a luz central do quarto. Nada. Debrucei-me para o corredor, que se perdia nas trevas. Senti o fedor de novo, ainda mais intenso. O rastro de um animal selvagem. De repente, achei ter visto uma silhueta entrando no último quarto.

— Dona Paula? — chamei, quase sussurrando.

A porta se fechou com suavidade. Inspirei com força e entrei no corredor, assustado. Parei quando ouvi um chiado de réptil sussurrando uma palavra. Meu nome. A voz vinha do interior do quarto fechado.

— É a senhora, dona Paula? — gaguejei, tentando controlar o tremor que tomava conta das minhas mãos.

Dei um passo para dentro da escuridão. A voz repetiu meu nome. Era uma voz como nunca tinha ouvido antes. Uma voz quebrada, cruel e sangrenta de maldade, uma voz de pesadelo. Estava paralisado naquele corredor de sombras, incapaz de mover um músculo. De repente, a porta do quarto se abriu com uma força brutal. No espaço de um segundo interminável, o corredor pareceu se estreitar e se encolher sob os meus pés, atraindo-me para aquela porta.

No centro da peça, meus olhos distinguiram com absoluta clareza um objeto que brilhava em cima da cama. Era o retrato de Marina, com o qual eu tinha adormecido. Duas mãos de madeira, mãos de fantoche o prendiam. Cabos ensanguentados saíam das bordas cortadas dos punhos. Percebi então, com toda a certeza, que eram as mãos que Benjamín Sentís tinha perdido nas profundezas dos esgotos. Arrancadas pela raiz. Senti o ar me faltar nos pulmões.

O fedor se tornou insuportável, ácido. Com a lucidez do terror, descobri a figura encostada na parede, pendurada, imóvel — uma criatura vestida de negro com os braços em cruz. Os cabelos emaranhados velavam seu rosto. Junto à porta, vi aquele rosto se erguer com infinita lentidão e exibir um sorriso de dentes que brilhavam na penumbra. Sob as luvas, as garras começaram a se mexer como um feixe de serpentes. Dei um passo para trás e ouvi aquela voz murmurar meu nome de novo. A figura rastejava na minha direção como uma aranha gigantesca.

Deixei escapar um gemido e fechei a porta com violência. Tentei bloquear a saída do quarto, mas senti um impacto brutal. Dez unhas afiadas como punhais brotaram da madeira. Saí correndo para a outra extremidade do corredor e ouvi a porta se desfazendo em tiras. O corredor tinha se transformado num túnel interminável. Entrevia a escada a alguns metros. Voltei a olhar para trás. A silhueta daquela criatura infernal deslizava diretamente para mim. O brilho projetado por seus olhos perfurava a escuridão. Estava encurralado.

Corri para o corredor que ia até as cozinhas, tirando proveito do fato de conhecer de cor e salteado todos os meandros do colégio. Fechei a porta às minhas costas. A criatura se jogou contra ela e conseguiu derrubá-la, jogando-me no chão. Rolei por cima dos ladrilhos e me refugiei embaixo da mesa. Vi suas pernas. Dezenas de pratos e copos começaram a se despedaçar ao meu redor, estendendo um manto de vidro quebrado. Vi a linha de uma faca de serra entre os cacos e tratei de pegá-la, desesperado. A criatura se agachou na minha frente, como um lobo na boca da toca. Brandi a faca contra aquele rosto e a lâmina mergulhou nele como se fosse barro. Com isso, ela se retirou meio metro e pude escapar para o outro lado da cozinha. Procurei alguma coisa para me defender, enquanto retrocedia passo a passo. Encontrei uma gaveta. Abri. Talheres, utensílios de cozinha, velas, um lampião a gás... uma miscelânea inútil. Instintivamente, peguei o lampião e tentei acendê-lo. Vi a sombra da criatura se erguendo diante de mim. Senti seu hálito fétido. Uma de suas garras se aproximava da minha garganta. Nesse exato momento, a chama do lampião pegou e iluminou aquele espectro a 20 centímetros de mim. Fechei os olhos e prendi a respiração, convencido de que tinha visto o rosto da morte e que só me restava esperar por ela. A espera se tornou eterna.

Quando abri os olhos novamente, ele tinha se retirado. Ouvi seus passos se afastando. Fui atrás até o meu quarto e tive a impressão de que ouvia um gemido. Pensei que havia dor ou raiva naquele som. Quando cheguei ao quarto, enfiei a cabeça para espiar. A criatura estava remexendo minha bolsa. Pegou o álbum de fotografias roubado da estufa. Virou-se e ficamos nos encarando. A luz fantasmagórica da noite desenhou o intruso por um décimo de segundo. Quis dizer alguma coisa, mas ele já tinha se jogado pela janela.

Corri até o parapeito e debrucei, esperando ver seu corpo caindo no vazio. A silhueta deslizava pelo encanamento externo com uma velocidade impossível. Sua capa negra flutuava ao vento. De lá, saltou para os telhados da ala leste e desviou de um bosque de gárgulas e torres. Paralisado, fiquei olhando aquela aparição demoníaca se afastar sob a tempestade com piruetas impossíveis, como se fosse uma pantera e os telhados de Barcelona, a sua selva. Notei que a moldura da janela estava cheia de sangue. Segui o rastro dali até o corredor e demorei a entender que aquele sangue não era meu. Tinha ferido um outro ser humano com a faca. Encostei na parede. Meus joelhos vacilaram e me agachei, exausto.

Não sei quanto tempo fiquei ali. Quando consegui levantar de novo, resolvi ir para o único lugar em que pensava poder me sentir seguro.

15

Cheguei à casa de Marina e atravessei o jardim às apalpadelas. Dei a volta na casa até a entrada da cozinha. Uma luz quente dançava entre as venezianas. Fiquei aliviado. Bati com os nós dos dedos e entrei. A porta estava aberta. Apesar do avançado da hora, Marina estava escrevendo em seu caderno, à luz de velas, na mesa da cozinha, com Kafka no colo. Quando me viu, a caneta se soltou de seus dedos.

— Meu Deus, Óscar! O que... — exclamou, examinando minhas roupas rasgadas e sujas, apalpando os arranhões em meu rosto. — O que houve com você?

Depois de pelo menos duas xícaras de chá quente, consegui explicar o que tinha acontecido a Marina, ou talvez só o que conseguia lembrar, pois já estava começando a duvidar de meus sentidos. Ela me ouviu segurando minha mão para me tranquilizar. Imaginei que meu aspecto devia ser ainda pior do que eu pensava.

— Se importa se eu passar a noite aqui? Não sei para onde ir e não quero voltar para o internato.

— Nem ia permitir que voltasse. Pode ficar aqui conosco o tempo que for necessário.

— Obrigado.

Li em seus olhos a mesma preocupação que me roía por dentro. Depois do que tinha acontecido naquela noite, sua casa era tão segura quanto o internato ou qualquer outro lugar. Aquela presença estava nos seguindo e sabia onde nos encontrar.

— O que vamos fazer agora, Óscar?

— Poderíamos falar com esse inspetor que Shelley mencionou, Florián, e tentar descobrir o que está acontecendo realmente...

Marina suspirou.

— Olhe, talvez seja melhor eu ir embora... — arrisquei.

— Nem pensar. Já arrumei um quarto para você lá em cima, ao lado do meu. Venha.

— O que... o que Germán vai achar disso?

— Vai ficar encantado. Diremos que veio passar o Natal conosco.

Fui atrás dela pela escada. Nunca tinha estado no andar de cima. Um corredor ladeado por portas de carvalho lavrado se estendia à luz do candelabro. Meu quarto ficava no final do corredor, logo depois do de Marina. A mobília parecia coisa de antiquário, mas estava tudo limpo e arrumado.

— Os lençóis estão limpos — disse Marina, abrindo a cama. — Tem mais cobertores no armário, se sentir frio. E aqui estão as toalhas. Vamos ver se encontro um pijama de Germán para você.

— Vou ficar igual a uma barraca de camping — brinquei.

— Melhor sobrar do que faltar. Volto num segundo.

Ouvi seus passos se afastando no corredor. Deixei minha roupa numa cadeira e me enfiei entre os lençóis limpos e passados. Acho que nunca tinha me sentido tão cansado em toda a minha vida. Minhas pálpebras estavam se transformando em lâminas de chumbo. Quando voltou, Marina trouxe uma espécie de camisolão de 2 metros de largura que parecia roubado de uma coleção de roupas íntimas de uma princesa.

— Nem pensar — reclamei. — Não vou dormir com isso.

— Foi a única coisa que encontrei. Vai ficar perfeito. Além do mais, Germán não aceita que eu receba rapazes nus para dormir em casa. São as regras.

Jogou o camisolão e deixou algumas velas na mesinha de cabeceira.

— Se precisar de alguma coisa, é só bater na parede. Estou do outro lado.

Ficamos nos olhando em silêncio por alguns segundos. Finalmente, Marina desviou os olhos.

— Boa noite, Óscar — sussurrou.

— Boa noite.

Acordei num quarto banhado de luz. Minha janela dava para o leste e um sol reluzente se erguia sobre a cidade. Antes de levantar percebi que minha roupa tinha desaparecido da cadeira onde tinha ficado na noite anterior. Entendi o que isso significava e amaldiçoei tamanha gentileza, adivinhando que

Marina tinha feito de propósito. Um cheirinho de pão quente e café recém-feito se filtrava por baixo da porta. Abandonando qualquer esperança de salvar minha dignidade, resolvi descer para a cozinha vestido com aquele ridículo camisolão. Saí para o corredor e vi que toda a casa estava mergulhada naquela luminosidade mágica. Ouvi as vozes de meus anfitriões na cozinha, conversando. Tive de me encher de coragem para descer a escada. Parei na soleira da porta. Marina estava servindo café para Germán e levantou os olhos.

— Bom dia, bela adormecida — disse.

Germán virou e se levantou cavalheirescamente, estendendo a mão e uma cadeira na mesa.

— Muito bom dia, amigo Óscar! — exclamou com entusiasmo. — É um prazer tê-lo conosco. Marina me falou das obras no internato. Saiba que pode ficar aqui todo o tempo que precisar, sem cerimônia. A casa é sua.

— Muito obrigado, mesmo...

Marina serviu uma xícara de café, com um sorriso irônico.

— Ficou uma beleza.

— Divino. Pareço a estrela de *A Flor de Mântua*. Onde está minha roupa?

— Limpei um pouco e botei para secar.

Germán empurrou para mim uma bandeja de croissants recém-chegados da padaria Foix. Minha boca virou um rio.

— Experimente um, Óscar — sugeriu Germán. — É o Mercedes-Benz dos croissants. E não confunda, isso que está vendo aqui não é geleia, é um monumento.

Devorei avidamente tudo o que colocaram na minha frente com um apetite de náufrago. Germán folheava o jornal distraidamente. Estava de bom humor e, embora já tivesse acabado de tomar seu café, não se levantou da mesa enquanto eu não fiquei satisfeito, o que aconteceu quando não havia mais nada para comer a não ser os talheres. Em seguida, ele consultou o relógio.

— Vai chegar atrasado ao encontro com o padre, papai — lembrou Marina.

Germán fez que sim com um certo aborrecimento.

— Não sei por que eu me dou ao trabalho... — disse. — Aquele descarado é mais trapaceiro que um gato.

— É a roupa — disse Marina. — Ele acha que pode fazer de tudo...

Olhei para os dois espantado, sem a mais remota ideia do que estavam dizendo.

— Xadrez — esclareceu Marina. — Germán e o padre mantêm um duelo há muitos e muitos anos.

— Nunca desafie um jesuíta para o xadrez, amigo Óscar. Ouça o que eu digo. Se me der licença... — disse Germán, levantando-se.

— Claro... Boa sorte.

Germán pegou o casaco, o chapéu e a bengala de ébano e partiu ao encontro do padre estrategista. Assim que saiu, Marina foi até o jardim e voltou com a minha roupa.

— Sinto lhe dizer que Kafka dormiu em cima dela.

A roupa estava seca, mas o perfume de felino não ia desaparecer nem com cinco lavagens.

— Hoje de manhã, quando fui comprar o café da manhã, liguei para a delegacia de polícia do bar da praça. O inspetor Víctor Florián está aposentado e vive em Vallvidrera. Não tem telefone, mas me deram o endereço.

— Espere, fico pronto num minuto.

A estação do teleférico de Vallvidrera ficava a poucas ruas da casa de Marina. Com passo rápido, chegamos em dez minutos e compramos duas passagens. Da plataforma, ao pé da montanha, o bairro de Vallvidrera desenhava um balcão sobre a cidade. As casas pareciam penduradas nas nuvens com fios invisíveis. Sentamos no fundo do vagão e admiramos Barcelona se estendendo a nossos pés enquanto o bondinho subia lentamente.

— Deve ser um trabalho legal — disse. — Motorista de teleférico. O ascensorista do céu.

Marina olhou para mim, descrente.

— O que há de mal nisso? — perguntei.

— Nada, se é tudo que você deseja na vida.

— Não sei o que eu desejo. Nem todo mundo tem as coisas tão claras como você. Marina Blau, prêmio Nobel de Literatura e mantenedora da coleção de camisolões da família Bourbon.

Marina ficou tão séria que na mesma hora me arrependi de ter feito aquele comentário.

— Quem não sabe para onde vai não chega a lugar nenhum — disse friamente.

Mostrei minha passagem.

— Eu sei para onde eu estou indo.

Ela desviou os olhos. Subimos em silêncio por alguns minutos. O perfil do meu colégio se desenhava a distância.

— Arquiteto — sussurrei.

— O quê?

— Quero ser arquiteto. É isso que eu desejo. Mas nunca tinha dito a ninguém.

Finalmente, ela sorriu. O teleférico estava chegando ao topo da montanha e matraqueava como uma velha máquina de lavar.

— Sempre quis ter minha própria catedral — disse Marina. — Alguma sugestão?

— Gótica. Se me der algum tempo, posso construir para você.

O sol bateu em seu rosto e seus olhos brilharam, fixos em mim.

— Promete? — perguntou, oferecendo a palma da mão aberta.

Apertei sua mão com força.

— Prometo.

O endereço que Marina conseguiu correspondia a uma velha casa que ficava praticamente na beira de um abismo. O mato e as ervas daninhas do jardim tinham se apoderado do lugar. Uma caixa de correio enferrujada se erguia entre eles como uma ruína da era industrial. Tivemos que abrir caminho até a porta. Dava para ver várias caixas com pilhas de jornais velhos amarrados com barbante. A pintura da fachada descascava como uma pele ressecada, gasta pelo vento e pela umidade. O inspector Víctor Florián não dava muita importância aos gastos com apresentação.

— Isso aqui sim, precisa de um arquiteto — disse Marina.

— Ou de uma firma de demolição...

Bati na porta suavemente. Temia que o impacto de meus dedos, se mais forte, derrubasse a casa.

— E se a gente tentar a campainha?

O botão estava quebrado e, na caixa, viam-se as conexões elétricas do tempo de Edison.

— Eu é que não meto o meu dedo aí — respondi, batendo novamente.

De repente, a porta se abriu 10 centímetros. Uma corrente de segurança brilhou diante de um par de olhos de brilho metálico.

— Quem está aí?

— Víctor Florián?

— Esse sou eu. Perguntei quem está aí?

A voz era autoritária e sem vestígios de paciência. Voz de multa.

— Temos uma informação sobre Mijail Kolvenik... — disse Marina como apresentação.

A porta se escancarou. Víctor Florián era um homem grande e musculoso. Vestia a mesma roupa que usara no dia de sua aposentadoria, ao menos era a impressão que dava. Sua expressão era a de um velho coronel sem guerra nem batalhão para comandar. Sustentava um charuto apagado nos lábios e tinha mais pelos em cada sobrancelha do que a maioria das pessoas tem na cabeça.

— O que sabem sobre Kolvenik? Quem são vocês? Quem lhes deu esse endereço?

Florián não fazia perguntas, ele metralhava. Depois de dar uma olhada ao redor, como se temesse que alguém estivesse nos seguindo, deixou que entrássemos. O interior da casa era um ninho de sujeira e cheirava a fundo de botequim. Tinha mais papéis do que a biblioteca de Alexandria, mas era como se todos tivessem sido espalhados e arrumados com um ventilador.

— Vamos até os fundos.

Passamos diante de uma sala em cuja parede se viam dezenas de armas: revólveres, pistolas automáticas, Mausers, baionetas... Muitas revoluções começaram com menos artilharia...

— Virgem Santa... — murmurei.

— Cale-se, que isso aqui não é uma capela — cortou Florián, fechando a porta do arsenal.

Os fundos a que se referia eram uma saleta de jantar da qual se contemplava toda Barcelona. Mesmo em seus anos de aposentadoria, o inspetor continuava vigiando tudo lá de cima. Apontou um sofá cheio de buracos. Sobre a mesa, havia uma lata de feijão e uma cerveja Estrella Dorada, sem copo. Aposentadoria de policial, velhice de mendigo, pensei comigo. Florián se sentou numa cadeira diante de nós e pegou um despertador de camelô. Plantou-o secamente em cima de mesa, de frente para nós.

— Quinze minutos. Se não me disserem algo que eu ainda não saiba em 15 minutos, vou botá-los para fora daqui a pontapés.

Levamos bem mais de quinze minutos para contar tudo o que tinha acontecido. À medida que ouvia a história, a fachada de Víctor Florián ia rachando. Entre as fendas, adivinhei um homem gasto e assustado, que se escondia naquele buraco com seus jornais velhos e sua coleção de pistolas. No final do nosso relato, Florián pegou o charuto e, depois de examiná-lo em silêncio por quase um minuto, resolveu acendê-lo.

Em seguida, com olhar perdido na miragem da cidade mergulhada na névoa, passou a falar.

16

— Em 1945, eu era inspetor de brigada judicial de Barcelona — começou Florián. — Estava pensando em pedir transferência para Madri, quando fui designado para o caso Velo-Granell. Já fazia três anos que a brigada estava investigando Mijail Kolvenik, um estrangeiro que não gozava da simpatia do governo, mas ninguém conseguia provar nada. Meu antecessor no cargo renunciou. A Velo-Granell estava cercada por um muro de advogados e um labirinto de empresas financeiras onde tudo se perdia numa grande nuvem. Meus superiores venderam a coisa como uma oportunidade única para começar uma carreira. Casos como esse podem colocar você num gabinete no ministério com motorista e horários de marajá, disseram. A ambição tem nome de idiota.

Florián fez uma pausa, saboreando suas palavras e sorrindo com sarcasmo para si mesmo. Mordiscava aquele charuto como se fosse um ramo de alcaçuz.

— Quando estudei o dossiê do caso — continuou —, verifiquei que aquilo que tinha começado como uma investigação rotineira de irregularidades financeiras e prováveis fraudes virara um processo que ninguém sabia muito bem a que brigada competia. Extorsão. Roubo. Tentativa de homicídio... E tinha mais... E imaginem que, até aquela data, minha experiência no assunto se limitava a malversação de fundos, evasão fiscal, fraude e prevaricação... Não significava que todas essas irregularidades fossem punidas, eram outros tempos, mas nós sabíamos de tudo.

Florián mergulhou na nuvem azul de sua própria fumaça, perturbado.

— Então por que aceitou o caso? — perguntou Marina.

— Por arrogância. Por ambição e ganância — respondeu Florián, dedicando a si mesmo o mesmo tom que guardava, imagino eu, para os piores criminosos.

— Talvez também para descobrir a verdade — aventurei-me. — Para fazer justiça...

Florián sorriu tristemente. Dava para ler trinta anos de remorsos naquele olhar.

— No final de 1945, a Velo-Granell já estava tecnicamente falida — continuou Florián. — Os três principais bancos de Barcelona tinham cancelado suas linhas de crédito e as ações da empresa tinham sido retiradas da bolsa. Quando a base financeira desapareceu, a muralha legal e a rede de empresas-fantasma desmoronou como um castelo de cartas. Os dias de glória viraram fumaça. O Gran Teatro Real, que ficou fechado desde a tragédia que desfigurou Eva Irinova no dia de seu casamento, tinha se transformado em ruína. A fábrica e as oficinas foram fechadas. As propriedades da empresa, confiscadas. Os boatos se espalhavam como gangrena. Sem perder o sangue-frio, Kolvenik resolveu organizar um coquetel de luxo na Lonja de Barcelona para passar uma imagem de calma e normalidade. Seu sócio, Sentís, estava à beira do pânico. Não havia fundos nem para pagar um décimo da comida encomendada para o evento. Todos os grandes acionistas e todas as grandes famílias de Barcelona receberam convites... Na noite da festa, chovia a cântaros. A Lonja estava decorada como um palácio de sonhos. Passadas as nove da noite, os membros da criadagem das principais fortunas da cidade, muitas das quais deviam dinheiro a Kolvenik, apresentaram-se trazendo desculpas pela ausência. Quando cheguei, depois da meia-noite, encontrei Kolvenik sozinho na sala, exibindo um fraque impecável e fumando um dos cigarros que mandava importar de Viena. Me cumprimentou e ofereceu uma taça de champanhe. "Coma alguma coisa, inspetor, é uma pena que tudo isso se desperdice", disse. Nunca tínhamos estado frente a frente. Conversamos por uma hora. Falou dos livros que lera ainda adolescente, das viagens que nunca pudera fazer... Kolvenik era um homem carismático. A inteligência ardia em seus olhos. Por mais que tentasse, não pude evitar uma certa simpatia. Mais do que isso, senti pena, mesmo sabendo que eu era o caçador e ele, a presa. Notei que mancava e se apoiava numa bengala de marfim lavrado. "Creio que nunca ninguém perdeu tantos amigos num único dia", comentei. Sorriu, mas rejeitou tranquilamente a ideia. "Está enganado, inspetor. Para ocasiões como esta, ninguém convida os amigos." Perguntou com muita cortesia se planejava continuar a perseguição contra ele. Respondi que não ia descansar enquanto não o levasse aos tribunais. Lembro que perguntou: "O que poderia fazer para dissuadi-lo desses propósitos, amigo Florián?" "Me matar", repliquei. "Tudo a seu tempo, inspetor", disse ele, sorrindo. Com essas palavras, afastou-se, mancando. Não voltei a vê-lo... mas continuo vivo. Kolvenik não cumpriu sua última ameaça.

Florián parou e bebeu um pouco d'água, saboreando-a como se fosse o último copo do mundo. Passou a língua nos lábios e continuou seu relato.

— Desde aquele dia, isolado e abandonado por todos, Kolvenik viveu confinado com a esposa no grotesco torreão que tinha mandado construir. Ninguém mais o viu nos últimos anos. Só duas pessoas tinham acesso a ele. Seu antigo motorista, um certo Luis Claret. Claret era um pobre infeliz que adorava Kolvenik e se negou a abandoná-lo mesmo que ele já não pudesse lhe pagar um salário. E seu médico particular, o doutor Shelley, que também estávamos investigando. Ninguém mais via Kolvenik. O depoimento de Shelley, dizendo que vivia em sua mansão no parque Güell, afetado por uma doença cuja natureza não soube explicar, não nos convenceu nem um pouco, sobretudo depois que verificamos seus arquivos e sua contabilidade. Por um certo tempo, chegamos a suspeitar que Kolvenik estava morto ou tinha fugido para o exterior e que tudo aquilo não passava de uma farsa. Shelley continuava a alegar que Kolvenik tinha contraído uma doença rara que o mantinha confinado em sua torre. Não podia receber visitas, nem deixar a mansão em circunstância alguma. Era esse o seu parecer. Assim como nós, o juiz também não acreditou nele. Em 31 de dezembro de 1948, conseguimos um mandado de busca para inspecionar a residência de Kolvenik e uma ordem de prisão contra ele. A maior parte da documentação da empresa tinha desaparecido e suspeitávamos que estava na mansão. E já tinhamos indícios suficientes para acusar Kolvenik de fraude e evasão fiscal. Não fazia sentido esperar mais. O último dia de 1948 também seria o último de liberdade para Kolvenik. Organizamos uma brigada especial para ir ao torreão no dia seguinte. Às vezes, temos que nos resignar a pegar os grandes criminosos nos detalhes...

O charuto de Florián tinha apagado de novo. O inspetor examinou-o uma última vez, antes de deixá-lo num vaso de plantas vazio, mas cheio de restos de charutos, numa espécie de fossa comum das guimbas.

— Nessa mesma noite, um pavoroso incêndio destruiu a mansão e acabou com a vida de Kolvenik e sua esposa Eva. Ao amanhecer, encontramos dois corpos carbonizados, abraçados no sótão... Nossas esperanças de encerrar o caso arderam junto com eles. Nunca tive dúvidas de que o incêndio tinha sido provocado. Por um certo tempo, achei que Benjamín Sentís e outros membros da diretoria da empresa estavam por trás daquilo.

— Sentís? — interrompi.

— Não era segredo para ninguém que Sentís detestava Kolvenik por ter obtido o controle da empresa de seu pai, mas tanto ele quanto os outros tinham as melhores razões para não querer que o caso chegasse aos tribunais. Morto o cão, eliminada a raiva. O quebra-cabeça não fazia sentido sem Kolvenik. Posso dizer que, naquela noite, muitas mãos manchadas de sangue foram limpas pelo fogo. No entanto, mais uma vez, não havia provas, como em tudo, aliás, que se relacionava com aquele escândalo. Tudo acabou em cinzas. Ainda hoje, a investigação sobre a Velo-Granell é o maior enigma do departamento de polícia dessa cidade. E o maior fracasso da minha vida...

— Mas o incêndio não foi culpa sua — contemporizei.

— Minha carreira no departamento foi arruinada. Fui passado para a brigada antissubversão. Sabe o que isso significa? Caçadores de fantasmas. Era como se referiam a eles no departamento. Tive vontade de deixar o posto, mas eram tempos bicudos e meu salário sustentava meu irmão e sua família. Além do que, ninguém ia dar emprego a um ex-policial. As pessoas estavam fartas de espiões e dedos-duros. Acabei ficando. O trabalho consistia em fazer buscas à meia-noite em pensões miseráveis que hospedavam aposentados e mutilados de guerra para apreender cópias de *O Capital* e panfletos socialistas escondidos em sacolas plásticas dentro da caixa da privada e outras coisas desse tipo... No início de 1949, pensei que tudo estava acabado para mim. Tudo o que podia dar errado tinha dado pior ainda. Doce ilusão. Na madrugada de 13 de dezembro de 1949, quase um ano depois do incêndio em que Kolvenik e a esposa morreram, os corpos despedaçados de dois inspetores da minha antiga unidade foram encontrados nas portas do velho armazém da Velo-Granell, no Borne. Soubemos que foram até lá para investigar uma denúncia anônima sobre o caso Velo-Granell. Uma armadilha. Não desejaria a morte que tiveram nem ao meu pior inimigo. Nem as rodas de um trem fazem com um corpo o que vi no instituto médico-legal... Eram bons policiais. Armados. Sabiam o que faziam. O relatório apontou que vários vizinhos ouviram tiros. Foram encontradas 14 cápsulas de 9mm na cena do crime. Todas provenientes das armas regulares dos inspetores. Não encontraram uma única marca ou projétil encravado nas paredes.

— Como se explica isso? — perguntou Marina.

— Não tem explicação. É simplesmente impossível. Mas aconteceu... Eu mesmo vi as cápsulas e inspecionei a área.

Marina e eu trocamos um olhar.

— Será que os disparos não foram feitos contra um objeto, um carro ou uma carruagem, por exemplo, que recebeu as balas e desapareceu em seguida, sem deixar rastros? — propôs Marina.

— Sua amiga seria uma boa agente. Essa foi a hipótese que levantamos na época, mas não encontramos evidências que pudessem sustentá-la. Projéteis daquele calibre tendem a ricochetear sobre superfícies metálicas e deixam um rastro de vários marcas ou, em todo caso, fragmentos de bala. Não encontramos nada disso.

— Dias depois, no enterro dos colegas, encontrei Sentís — continuou Florián. — Estava muito perturbado, com cara de quem não dormia há dias. Sua roupa estava suja e cheirava a álcool. Confessou que não se atrevia a voltar para casa, que estava vagando há dias, dormindo em locais públicos... "Minha vida não vale nada, Florián", disse ele. "Sou um homem morto." Ofereci proteção policial. Ele riu. Propus que se refugiasse na minha casa. Ele se negou. "Não quero levar sua morte na consciência, Florián", respondeu, antes de desaparecer entre os presentes. Nos meses seguintes, todos os antigos membros da diretoria da Velo-Granell encontraram a morte, teoricamente de um modo natural. Parada cardíaca foi o diagnóstico dos médicos em todos os casos. As circunstâncias eram parecidas. Sozinhos na cama, sempre à meia-noite, sempre se arrastando pelo chão... fugindo de uma morte que não deixava rastros. Todos exceto Benjamín Sentís. Não voltei a falar com ele por trinta anos, até algumas semanas atrás.

— Antes da morte dele... — comentei.

Florián fez que sim.

— Ele ligou para o comissariado e perguntou por mim. Disse que tinha informações sobre os assassinatos na fábrica e sobre o caso da Velo-Granell. Liguei de volta e falei com ele. Achei que estava delirando, mas concordei em vê-lo. Por pena. Marcamos num bar da calle Princesa no dia seguinte. Ele não compareceu ao encontro. Dois dias depois, um velho amigo do comissariado ligou para me informar que seu corpo tinha sido encontrado num túnel de esgoto desativado, na Ciutat Vella. As mãos artificiais criadas por Kolvenik tinham sido amputadas. Mas tudo isso saiu nos jornais. O que a imprensa não publicou é que a polícia encontrou uma palavra escrita com sangue na parede do túnel: "*Teufel.*"

— *Teufel*?

— É alemão — disse Marina. — Significa "diabo".

— Também é o nome do símbolo de Kolvenik — revelou Florián.

— A borboleta negra?

Ele balançou a cabeça afirmativamente.

— Por que esse nome? — perguntou Marina.

— Não sou entomologista. Só sei que Kolvenik fazia coleção delas — disse.

Era quase meio-dia e Florián nos convidou para almoçar num bar próximo da estação. Todos nós estávamos com vontade de sair daquela casa.

O dono do bar era amigo de Florián e nos levou a uma mesa afastada, perto de uma janela.

— Visita dos netos, chefe? — perguntou, sorridente.

Ele concordou sem dar explicações. Um garçom serviu uma porção de tortilhas e pão com tomate. Trouxe também um maço de Ducados para Florián. Saboreando a comida, que estava excelente, Florián continuou seu relato.

— Quando comecei a investigação sobre a Velo-Granell, verifiquei que Mijail Kolvenik não tinha um passado muito claro... Em Praga, não havia nenhum registro de seu nascimento e nacionalidade. Provavelmente, Mijail não era o seu verdadeiro nome.

— Quem era então? — perguntei.

— Eu me faço essa mesma pergunta há mais de trinta anos. De fato, quando entrei em contato com a polícia de Praga, eles descobriram que o nome Mijail Kolvenik existia, mas aparecia nos registros da WolfterHaus.

— O que é isso? — perguntei.

— É o manicômio municipal. Mas não acredito que Kolvenik tenha estado internado lá. Simplesmente adotou o nome de um dos internos. Kolvenik não era louco.

— E por que Kolvenik adotaria a identidade de um paciente do manicômio? — perguntou Marina.

— Não era tão incomum naquela época — explicou Florián. — Em tempos de guerra, mudar de identidade pode significar nascer de novo. Deixar para trás um passado indesejável. Vocês são muito jovens e nunca viveram uma guerra. Não se conhece as pessoas enquanto não se vive uma guerra...

— Kolvenik tinha alguma coisa a esconder? — perguntei. — Se a polícia de Praga tinha informações sobre ele, devia ser por algum motivo...

— Pura coincidência de sobrenomes. Burocracia. Pode acreditar, sei o que estou dizendo — disse Florián. — Supondo que o Kolvenik dos arquivos deles fosse mesmo o nosso Kolvenik, ele deixou poucos rastros. Seu nome constava na investigação sobre a morte de um cirurgião de Praga, um homem chamado Antonin Kolvenik. O caso foi encerrado e a morte atribuída a causas naturais.

— Então por que motivo esse Mijail Kolvenik foi internado num manicômio? — interrogou Marina dessa vez.

Florián hesitou alguns instantes, como se não tivesse coragem de responder.

— Suspeitavam que tinha feito algo com o corpo do falecido...

— Algo?

— A polícia de Praga não esclareceu o que seria — replicou Florián, secamente, acendendo mais um cigarro.

Mergulhamos num longo silêncio.

— E aquela história que o dr. Shelley nos contou? Aquela do irmão gêmeo de Kolvenik, da doença degenerativa e...

— Isso foi o que Kolvenik contou. O sujeito mentia com a mesma facilidade com que respirava. E Shelley tinha ótimos motivos para acreditar sem fazer muitas perguntas — disse Florián. — Kolvenik financiava seu instituto de pesquisas médicas até o último centavo. Na prática, Shelley não era mais do que um empregado da Velo-Granell. Um capanga...

— Então o irmão gêmeo de Kolvenik era mais uma mentira? Sua existência justificaria a obsessão de Kolvenik pelas vítimas de deformações e...

— Não creio que esse irmão fosse uma mentira — cortou Florián. — Na minha opinião.

— E então?

— Creio que esse menino de quem ele falava era na realidade ele mesmo.

— Só mais uma pergunta, inspetor...

— Não sou mais inspetor, filha.

— Víctor, então. Ainda é Víctor, não é?

Aquela foi a primeira vez que vi Florián sorrir de maneira relaxada e aberta.

— Qual é a pergunta?

— Você disse que durante a investigação das acusações de fraude contra a Velo-Granell vocês descobriram que havia algo mais...

— É. No início, pensamos que era era um subterfúgio, um golpe clássico. Contas de gastos e pagamentos inexistentes para escapar de impostos: depósitos para hospitais, abrigos para indigentes etc. Até que um dos meus homens achou estranho que algumas faturas, com o nome e a assinatura do doutor Shelley, correspondiam a pagamentos para necrotérios de vários hospitais de Barcelona. O local onde ficam depositados os cadáveres — esclareceu o ex-policial. — A morgue.

— Kolvenik vendia cadáveres? — sugeriu Marina.

— Vendia, não, comprava. Às dúzias. Vagabundos. Gente que morria sem família nem conhecidos. Suicidas, advogados, velhos abandonados... Os esquecidos da cidade.

O murmúrio de um rádio se perdia ao longe, como um eco de nossa conversa.

— E o que Kolvenik fazia com esses corpos?

— Ninguém sabe — devolveu Florián. — Nunca conseguimos encontrá-los.

— Mas você tem uma teoria a respeito, não tem, Víctor? — continuou Marina.

Florián examinou-a em silêncio.

— Não.

Para um policial, mesmo aposentado, ele não era bom mentiroso. Marina não insistiu no assunto. O inspetor parecia cansado, consumido pelas sombras que povoavam suas lembranças. O cigarro tremia em seus dedos e era difícil determinar quem estava fumando quem.

— Quanto a essa estufa de que me falaram... Não voltem lá. Esqueçam esse assunto. Esqueçam esse álbum de fotografias, esse túmulo sem nome e essa dama que o visita. Esqueçam Sentís, Shelley e até a mim, que não sou mais do que um pobre velho que não sabe nem o que diz. Esse assunto já destruiu vidas suficientes. Desistam.

Fez sinal para o garçom para anotar a despesa em sua conta e concluiu:

— Prometam que vão seguir meus conselhos.

Fiquei me perguntando como poderíamos deixar aquele assunto de lado, se era exatamente ele que vivia correndo atrás de nós. Depois do que tinha acontecido na noite anterior, seus conselhos soavam como um conto de fadas.

— Vamos tentar — aceitou Marina por nós dois.

— O caminho do inferno está cheio de boas intenções — devolveu Florián.

O inspetor nos acompanhou até a estação do teleférico e nos deu o telefone do bar.

— Eles me conhecem. Se precisarem de alguma coisa, liguem. Eles me passam o recado. A qualquer hora do dia ou da noite. Manu, o dono, sofre de insônia crônica e passa as noites ouvindo a BBC para ver se aprende inglês. Quer dizer, não vão incomodá-lo...

— Não sei como agradecer...

— Agradeçam dando ouvidos ao que eu digo e se afastando de toda essa história — cortou Florián.

Concordamos. O teleférico abriu as portas.

— E você, Víctor? — perguntou Marina. — O que vai fazer?

— O que fazemos todos nós, os velhos: sentar e recordar e perguntar o que teria acontecido se tivesse feito tudo ao contrário. Andem, vão embora...

Entramos no vagão e sentamos perto da janela. Entardecia. O apito soou e as portas se fecharam. O teleférico começou sua descida com uma sacudidela. Lentamente, as luzes de Vallvidrera foram ficando para trás, assim como a silhueta de Florián, imóvel na plataforma.

Germán tinha preparado um excelente prato italiano cujo nome parecia fazer parte do repertório de uma ópera. Jantamos na cozinha, ouvindo o relato da partida de xadrez com o padre que, como sempre, tinha vencido. Marina ficou estranhamente calada durante a refeição, deixando a responsabilidade pela conversa comigo e com o pai. Até me perguntei se teria dito ou feito alguma coisa para deixá-la chateada. Depois do jantar, Germán me desafiou para uma partida de xadrez.

— Adoraria, mas acho que tenho que lavar a louça — argumentei.

— Deixa que eu lavo — disse Marina às minhas costas, com voz fraca.

— Não, sério... — retruquei.

Germán já estava na outra peça, cantarolando e arrumando as fileiras de peões. Virei-me para Marina, que desviou os olhos e começou a lavar.

— Vou ajudar.

— Não... Vá com Germán... Dê esse gostinho a ele.

— Você não vem, Óscar? — disse a voz de Germán, vinda da sala.

Observei Marina à luz das velas que ardiam numa prateleira. Achei-a pálida, cansada.

— Está tudo bem?

Ela se virou e sorriu. Marina tinha um jeito de sorrir que fazia com que me sentisse pequeno e insignificante.

— Anda logo. E deixa ele ganhar.

— Isso é fácil.

Obedeci, deixando-a sozinha. Encontrei seu pai no salão. Sob o candelabro de quartzo, sentei diante do tabuleiro disposto a fazer com que tivesse os bons momentos que a filha tanto queria lhe dar.

— Você começa, Óscar.

Comecei. Ele pigarreou.

— Devo lembrá-lo de que os peões não se movem desse modo, Óscar.

— Desculpe!

— Não precisa. É o ardor da juventude. Que nada! Tenho é inveja. A juventude é uma namorada caprichosa, que a gente não entende nem valoriza até o dia em que ela vai embora com outro, para nunca mais voltar... Ai, ai!... Enfim, não sei por que disse isso. E então... o peão...

À meia-noite, um som me arrancou do sonho. A casa estava às escuras. Sentei na cama e ouvi de novo. Uma tosse, apagada, distante. Intranquilo, levantei e fui até o corredor. O barulho vinha do andar de baixo. Passei na frente da porta do quarto de Marina. Estava aberta e a cama, vazia. Senti uma pontada de medo.

— Marina?

Não obtive resposta. Desci os frios degraus na ponta dos pés. Os olhos de Kafka brilharam ao pé da escada. O gato miou baixinho e me guiou através do corredor escuro. No fundo, um fio de luz se infiltrava por baixo de uma porta fechada. A tosse vinha lá de dentro. Dolorosa. Agonizante. Kafka se aproximou da porta e parou ali, miando. Chamei suavemente.

— Marina?

Um longo silêncio.

— Vai embora, Óscar.

Sua voz era um gemido. Deixei passar alguns segundos e abri. Uma vela no chão mal iluminava o banheiro de ladrilhos brancos. Marina estava ajoelhada, com a testa apoiada na pia. Tremia e o suor tinha grudado a camisola em sua pele como uma mortalha. Escondeu o rosto, mas pude ver que estava sangrando pelo nariz e que várias manchas vermelhas cobriam seu peito. Fiquei paralisado, incapaz de reagir.

— O que houve...? — murmurei.

— Feche a porta — disse ela com firmeza. — Feche.

Fiz o que mandava e me aproximei. Estava ardendo em febre. O cabelo grudado no rosto, empapada de suor frio. Assustado, parti para chamar Germán, mas sua mão me agarrou com uma força que parecia impossível nela.

— Não!

— Mas...

— Estou bem.

— Não está, não!

— Óscar, por tudo que é mais sagrado, não chame Germán. Ele já não pode fazer nada. Já passou. Estou melhor.

A serenidade em sua voz me pareceu aterradora. Seus olhos buscaram os meus. Algo neles me obrigou a obedecer. Foi então que fez um carinho em meu rosto.

— Não se assuste. Estou melhor.

— Está pálida como a morte... — balbuciei.

Ela pegou minha mão e a levou ao peito. Senti seu coração batendo contra as costelas. Tirei a mão, sem saber o que fazer.

— Viva e inteira. Viu? Tem de me prometer que não vai contar nada disso a Germán.

— Por quê? — protestei. — O que há com você?

Abaixou os olhos, infinitamente cansada. Fiquei calado.

— Prometa.

— Você precisa ir ao médico.

— Prometa, Óscar.

— Só se você prometer que vai ao médico.

— Fechado. Prometo.

Então umedeceu uma toalha e começou a limpar o sangue do rosto. Eu me senti inútil.

— Agora que você me viu desse jeito, não vai mais gostar de mim.

— Não tem graça nenhuma.

Ela continuou a se limpar em silêncio, sem afastar os olhos de mim. Seu corpo, preso apenas pelo algodão úmido, quase transparente, parecia frágil, quebradiço. Fiquei surpreso por não sentir nenhum mal-estar por vê-la assim, quase nua. Ela também não demonstrava nenhum pudor por minha presença. Suas mãos tremiam enquanto secava o suor e o sangue do corpo. Encontrei um roupão limpo pendurado na porta e estendi a ela, aberto. Cobriu-se com ele e suspirou, exausta.

— O que eu posso fazer? — murmurei.

— Fica aqui comigo.

Sentou na frente do espelho. Com uma escova, tentou em vão arranjar o emaranhado de cabelos que caía em seus ombros. Não tinha forças.

— Deixa que eu faço — disse, pegando a escova.

Penteei Marina em silêncio, nossos olhos se encontrando no espelho. De repente, ela pegou minha mão com força e apertou contra o rosto. Senti suas lágrimas em minha pele e me faltou coragem para perguntar por que chorava.

Acompanhei Marina até seu quarto e ajudei-a a deitar. Não tremia mais e a cor tinha voltado ao seu rosto.

— Obrigada... — murmurou.

Achei que era melhor deixá-la repousar e voltei para o meu quarto. Deitei na cama de novo e tentei cair no sono, sem êxito. Inquieto, fiquei deitado no escuro ouvindo o casarão ranger enquanto o vento assanhava as árvores. Uma ansiedade cega me roía por dentro. Era muita coisa acontecendo muito depressa. Meu cérebro não conseguia assimilar tudo aquilo ao mesmo tempo. Na escuridão da madrugada, tudo parecia ainda mais confuso. Porém nada me assustava mais do que não ser capaz de entender ou explicar meus próprios sentimentos por Marina. Estava amanhecendo quando finalmente adormeci.

Em sonhos, percorri as salas de um palácio de mármore branco, deserto e mergulhado nas trevas. Centenas de esculturas o povoavam. As estátuas abriam os olhos de pedra à minha passagem e murmuravam palavras que eu não entendia. Então, tive a impressão de ver Marina ao longe e corri ao seu encontro. Uma silhueta de luz branca em forma de anjo a levava pela mão através de um corredor cujas paredes sangravam. Tentava alcançá-los quando uma das portas do corredor se abriu e a figura de María Shelley surgiu, flutuando sobre o chão e arrastando uma mortalha puída. Chorava, embora suas lágrimas não chegassem ao chão. Estendeu os braços para mim e quando me tocou seu corpo se desfez em cinzas. Gritei o nome de Marina, implorando que voltasse, mas ela não parecia ouvir. Corria cada vez mais rápido, mas o corredor parecia mais comprido a cada passo. Foi então que o anjo de luz se virou para mim e revelou seu verdadeiro rosto. Seus olhos eram duas órbitas vazias e seus cabelos eram serpentes brancas. Ria cruelmente. Estendendo suas asas brancas sobre Marina, o anjo infernal se afastou. No sonho, senti um hálido fétido roçar minha nuca. Era o fedor inconfundível da morte, sussurrando meu nome. Virei e vi uma borboleta negra pousando em meu ombro.

17

Despertei sem fôlego. Sentia-me mais cansado do que estava ao deitar. Minhas têmporas latejavam como se tivesse bebido duas garrafas de café preto. Não sabia que horas eram, mas, a julgar pelo sol, devia ser por volta de meio-dia. Os ponteiros do despertador confirmaram minha suspeita. Meio-dia e meia. Desci rapidamente, mas a casa estava vazia. Um café da manhã completo, já frio, esperava por mim na mesa da cozinha, junto com um bilhete.

Óscar:

Tivemos de ir ao médico. Ficaremos fora o dia inteiro. Não esqueça de dar comida a Kafka. Voltaremos na hora do jantar.

Marina

Reli o bilhete, estudando a caligrafia, enquanto dava conta do café da manhã. Kafka se dignou a aparecer minutos depois e tratei de lhe dar a tigela de leite. Não sabia o que fazer com aquele dia. Resolvi ir ao internato pegar algumas roupas e dizer a dona Paula que não se preocupasse em limpar meu quarto, pois ia passar as férias de Natal com minha família. O passeio até o internato caiu bem. Entrei pela porta principal e fui até o apartamento de dona Paula, no terceiro andar.

Dona Paula era uma boa mulher a quem nunca faltava um sorriso para os internos. Estava viúva havia trinta anos e contava Deus sabe quantos mais de dieta. "É que tenho tendência a engordar, sabia?", costumava repetir. Nunca tivera filhos e, ainda hoje, rondando os 65, comia com os olhos os bebezinhos que via passar quando ia ao mercado. Vivia sozinha, sem qualquer companhia além de dois canários e um imenso televisor Zenit, que não desligava enquanto o hino nacional e os retratos da família real não a obrigavam a ir dormir. Tinha a pele das mãos rachada pela água sanitária. As veias de seus tornozelos inchados doíam só de olhar. Os únicos luxos que se permitia eram uma visita ao cabeleireiro a cada duas semanas e a revista *Hola*. Adorava ler qualquer coisa sobre a vida das princesas e admirar os vestidos das estrelas da TV. Quando bati na porta, dona Paula estava vendo uma reprise de *O Rouxinol das Montanhas*, num ciclo de musicais de Joselito na Sessão da Tarde. Para acompanhar, preparava uma boa dose de rabanadas transbordantes de leite condensado e canela.

— Bom dia, dona Paula. Desculpe vir incomodá-la.

— Ora, Óscar, meu filho, incômodo nenhum! Entre, entre...

Na tela, Joselito cantava uma canção para um cabritinho sob o olhar benevolente e encantado de uma dupla de guardas-civis. Junto à televisão, uma coleção de santinhos da Virgem compartilhava as honras com velhos retratos de seu marido Rodolfo, empastado de brilhantina no chamejante uniforme da Falange. Apesar da devoção pelo finado marido, dona Paula estava muito contente com a democracia porque, como dizia ela, a TV agora era colorida e, afinal, era preciso se atualizar.

— Nossa, que barulheira na outra noite, hein? O noticiário tinha mostrado o terremoto na Colômbia e, ai, ai, não sei não, me deu um medo enorme...

— Não se preocupe, dona Paula, a Colômbia fica muito longe daqui.

— Dizem que sim, mas como também falam espanhol... Não sei, eu acho que...

— Não tenha medo que não há perigo algum. Queria dizer que não se preocupe com o meu quarto. Vou passar o Natal com a família.

— Ora, Óscar, que alegria!

Dona Paula quase tinha me visto crescer e estava convencida de que tudo que eu fazia era uma maravilha. "Você, sim, que tem talento", costumava dizer, embora nunca tenha explicado muito bem para quê. Insistiu para que eu tomasse um copo de leite e comesse uns biscoitos que ela mesmo tinha feito. Foi o que fiz, apesar de não estar com fome. Fiquei um pouco com ela, vendo o filme na TV e concordando com seus comentários. A boa mulher falava pelos cotovelos quando tinha companhia, ou seja, quase nunca.

— Olhe só que beleza de menino, hein? — dizia, indicando o cândido Joselito.

— É mesmo, dona Paula. Mas vou ter de deixá-la agora...

Dei um beijo de despedida no rosto dela e fui embora. Subi correndo ao meu quarto e rapidamente peguei algumas camisas, um par de calças e roupa de baixo limpa. Coloquei tudo numa bolsa, sem perder um segundo além do necessário. Ao sair, passei pela secretaria e repeti minha história de festas com a família com a cara mais limpa. Saí dali desejando que tudo na vida fosse fácil como mentir.

Jantamos em silêncio na sala dos retratos. Germán estava calado, perdido em seus pensamentos. Às vezes, nossos olhares se cruzavam e ele sorria, por pura gentileza. Marina remexia o prato de sopa com a colher, sem nunca levá-la aos lábios. Toda a conversação se reduzia aos ruídos dos talheres arranhando os pratos e aos chiados das velas. Não era difícil imaginar que o médico não tinha dado boas notícias sobre a saúde de Germán. Resolvi não perguntar nada sobre o que parecia tão evidente. Depois do jantar, Germán se desculpou e foi para seu quarto. Achei que estava mais envelhecido e cansado do que nunca. Desde que o conhecera, era a primeira vez que o tinha visto ignorar os retratos de sua esposa Kirsten. Assim que desapareceu, Marina afastou o prato intacto e suspirou.

— Você não tocou na comida.

— Estou sem fome.

— Más notícias?

— Vamos falar de outra coisa, tá bem? — cortou ela num tom seco, quase hostil.

O fio cortante de suas palavras fez com que me sentisse um estranho em casa alheia. Como se tentasse me lembrar que aquela não era a minha família, nem a minha casa e que, portanto, aqueles não eram problemas meus, por mais que me esforçasse para manter essa ilusão.

— Sinto muito — murmurou ela ao cabo de alguns minutos, esticando a mão na minha direção.

— Não tem importância — menti.

Levantei para levar os pratos para a cozinha. Ela ficou sentada em silêncio, fazendo carinho em Kafka, que miava em seu colo. Gastei mais tempo do que o necessário. Esfreguei os pratos até parar de sentir as mãos debaixo da água fria. Quando voltei à sala, Marina tinha se retirado, deixando duas velas acesas para mim. O resto da casa estava escuro e silencioso. Soprei as velas e saí para o jardim. Nuvens negras se estendiam lentamente sobre o céu. Um vento gelado agitava o arvoredo. Virei e percebi que a janela de Marina estava iluminada. Imaginei-a deitada na cama. Um segundo depois, a luz se apagou. O casarão se erguia, escuro como a ruína que achei que era no primeiro dia. Avaliei a possibilidade de ir dormir também e descansar, mas pressentia um princípio de ansiedade que sugeria uma longa noite sem sono. Resolvi dar um passeio para clarear as ideias ou, pelo menos, esgotar o corpo. Só tinha dado alguns passos quando começou a chuviscar. Não era uma noite agradável e não havia ninguém na rua. Enfiei as mãos nos bolsos e comecei a andar. Vagabundeei por quase duas horas. Nem o frio nem a chuva foram capazes de me proporcionar o cansaço que tanto desejava. Alguma coisa rondava a minha cabeça e quanto mais eu tentava ignorá-la, mais intensa se tornava a sua presença.

Meus passos me levaram para o cemitério de Sarriá. A chuva cuspia nos rostos de pedra escurecida e nas cruzes inclinadas. Por trás da cerca, podia distinguir toda uma galeria de figuras fantasmagóricas. A terra úmida cheirava a flores mortas. Apoiei a cabeça entre as grades. O metal estava muito frio. Um rastro de ferrugem grudou na minha pele. Examinei as trevas como se esperasse encontrar ali, naquele lugar, a explicação para o que estava acontecendo. Não consegui ver mais do que morte e silêncio. O que estava fazendo ali? Se ainda me restava algum bom senso, deveria voltar para o casarão e dormir cem horas sem interrupção. Aquela era provavelmente a melhor ideia que tivera em três meses.

Dei meia-volta, resolvido a retornar pelo estreito corredor de ciprestes. Um farol distante brilhava sob a chuva mas, de repente, aquele feixe de luz sumiu. Uma silhueta escura invadiu todo o espaço. Ouvi cascos de cavalos batendo no calçamento de pedras e avistei uma carruagem negra aproximando-se, rasgando a cortina de água. O hálito dos cavalos cor de azeviche formava fantasmas de vapor. A figura anacrônica de um cocheiro se recortava sobre a boleia. Procurei um lugar para me esconder ao lado do caminho, mas só encontrei paredes nuas. Senti o chão vibrar debaixo dos meus pés. Só tinha uma opção: voltar atrás. Ensopado e quase sem respiração, escalei a grade e saltei no interior do recinto sagrado.

18

Caí sobre uma superfície de lama que se desfazia sob o aguaceiro. Riachos de água suja arrastavam flores secas e escorriam entre as lápides. Fiquei com os pés e as mãos atolados no barro. Levantei e corri para me esconder atrás de um busto de mármore que erguia os braços para o céu. A carruagem tinha parado do outro lado da cerca. O cocheiro desceu. Usava uma lanterna e vestia uma capa que o cobria inteiramente. Um chapéu de abas largas e um cachecol o protegiam da chuva e do frio, velando seu rosto. Reconheci a carruagem. Era a mesma que transportara a dama de negro naquela manhã na estação de Francia. Sobre uma das portinholas, via-se o símbolo da mariposa negra. Cortinas de veludo escuro cobriam as janelas. Fiquei me perguntando se ela estaria lá dentro.

O cocheiro se aproximou da cerca e percorreu o interior com os olhos. Grudei na estátua, imóvel. A seguir, ouvi o tilintar de um maço de chaves e o chiado metálico de um cadeado. Praguejei baixinho. Os ferros rangeram. Passos sobre a lama. O cocheiro se aproximava do meu esconderijo. Tinha de sair de lá. Virei para examinar o cemitério às minhas costas. O véu de nuvens negras se abriu. A lua desenhou um caminho de luz espectral. A galeria de túmulos resplandeceu nas trevas por um instante. Rastejei entre as lápides, retrocendo para dentro do cemitério. Cheguei à frente de um mausoléu. Portas de ferro batido e vidro barravam a entrada. O cocheiro estava cada vez mais perto. Prendi a respiração e mergulhei nas sombras. Ele passou a menos de 2 metros de mim, segurando a lanterna no alto. Passou ao largo e suspirei de alívio. Fiquei olhando ele caminhar para o coração do cemitério e, na mesma hora, adivinhei para onde ia.

Era loucura, mas resolvi segui-lo. Fui me escondendo entre as lápides até a parte norte do recinto. Uma vez lá, subi numa plataforma de onde via toda a área. Alguns metros mais abaixo, brilhava a lanterna do cocheiro, pousada sobre a lápide sem nome. A chuva deslizava sobre a borboleta gravada na pedra, como se ela sangrasse. Vi a silhueta do cocheiro inclinando-se sobre o túmulo. Ele retirou um objeto alongado de dentro da capa, uma barra de metal, e forcejou com ela. Queria abrir a tumba. E eu queria sair dali, mas não conseguia. Usando a barra como alavanca, ele conseguiu deslocar a lápide alguns centímetros. Lentamente, o poço de trevas do túmulo foi se abrindo até que a lápide deslizou de lado carregada pelo próprio peso e caiu partindo-se em dois com o impacto. Senti a vibração do golpe no chão, sob meu corpo. O cocheiro pegou a lanterna e ergueu-a sobre a fossa de 2 metros de profundidade. Um elevador para o inferno. A superfície de um ataúde negro brilhava lá no fundo. O cocheiro levantou os olhos para o céu e, de repente, pulou dentro do túmulo. Desapareceu da minha visão num segundo, como se estivesse sendo engolido pela terra. Ouvi golpes e o som de madeira velha se quebrando. Saltei da plataforma e rastejei pela lama, aproximando-me milímetro a milímetro da beira da fossa. Debrucei-me.

A chuva caía lá dentro e o fundo estava começando a inundar. O cocheiro continuava lá. Naquele exato momento, estava retirando a tampa do caixão, que cedeu de lado com um estrondo. A madeira podre e o tecido puído ficaram expostos à luz. O caixão estava vazio. O homem ficou olhando, imóvel. Ouvi quando murmurou alguma coisa. Vi que era hora de sair rapidamente dali. Mas ao tentar fazê-lo, empurrei uma pedra sem querer e ela caiu no interior, em cima do caixão. Num décimo de segundo, o cocheiro virou na minha direção. Sua mão direita segurava um revólver.

Saí correndo desesperadamente para a saída, desviando de lápides e estátuas. Ouvi o cocheiro gritar atrás de mim, saindo da fossa. Entrevi a grade do portão e a carruagem do outro lado. Sem fôlego, corri para lá. Os passos do cocheiro estavam cada vez mais próximos. Compreendi que me alcançaria em alguns instantes, em campo aberto. Revi a arma em sua mão e olhei desesperadamente ao redor procurando um lugar para me esconder. Parei na última alternativa que tinha. Rezei para que o cocheiro não tivesse a ideia de me procurar ali: o bagageiro que ficava na traseira da carruagem. Pulei no estribo e me enfiei de cabeça lá dentro. Em dois segundos, ouvi seus passos apressados chegando ao corredor de ciprestes.

Imaginei o que seus olhos estavam vendo. O caminho vazio sob a chuva. Os passos pararam. Deram a volta na carruagem. Fiquei com medo de ter deixado pegadas que delatassem minha presença. Senti o peso do cocheiro subindo no estribo. Fiquei imóvel. Os cavalos relincharam. A espera parecia interminável. Foi quando ouvi o estalo do chicote e um solavanco me derrubou no fundo do bagageiro. Estávamos partindo.

O galope logo se traduziu numa vibração seca e brusca que golpeava meus músculos petrificados pelo frio. Tentei chegar até a abertura do porta--malas, mas era quase impossível me segurar com aquele vaivém.

Estávamos deixando Sarriá para trás. Calculei as probabilidades de quebrar a cabeça se tentasse saltar da carruagem andando. Descartei a ideia. Não tinha forças para atos heroicos e, no fundo, queria saber para onde estávamos indo, de modo que me rendi às circunstâncias. Tentei deitar no fundo daquela arca para descansar do jeito que desse. Suspeitava que ia precisar de minhas forças para seguir adiante.

A viagem parecia infinita. Minha perspectiva de bagagem não ajudava e tive a impressão de que já tínhamos percorrido quilômetros sob a chuva. Meus músculos estavam ficando entorpecidos sob a roupa molhada. As avenidas de maior movimento tinham ficado para trás. Agora percorríamos ruas desertas. Levantei e consegui chegar até a abertura para dar uma olhada. Só vi ruas escuras e estreitas como fendas cortadas na rocha, lampiões e fachadas góticas na neblina. Afundei de novo, desconcertado. Estávamos na cidade velha, em algum lugar do Raval. O cheiro de esgotos inundados subia como o rastro de um pântano. Perambulamos pelo coração das trevas de Barcelona quase meia hora antes de pararmos. Ouvi o cocheiro descer do estribo. Alguns segundos depois, o som de uma porta. A carruagem avançou lentamente e penetramos num local que, pelo cheiro, parecia ser uma velha estrebaria. A porta se fechou de novo.

Fiquei imóvel. O cocheiro desatrelou os cavalos e murmurou algumas palavras que não consegui entender. Uma franja de luz penetrava pela abertura do bagageiro. Ouvi um barulho de água correndo e de passos sobre a palha. Finalmente, a luz se apagou e os passos do cocheiro se afastaram. Esperei dois minutos até ouvir apenas a respiração dos cavalos. Deslizei para fora do bagageiro. Uma penumbra azulada flutuava na estrebaria. Caminhei cautelosamente para uma porta lateral. Fui dar numa garagem escura de teto alto com traves de madeira. O contorno de uma porta que parecia uma saída de emergência se desenhava ao fundo. Verifiquei que a fechadura só abria por dentro. Abri com cautela e, finalmente, saí para a rua.

Estava numa ruela escura do Raval. Era tão estreita que podia tocar dos dois lados se estendesse os braços. Uma corrente fétida escorria pelo centro do calçamento de pedras. A esquina ficava a 3 metros dali. Fui até lá. Uma rua mais larga brilhava à luz vaporosa de lampiões que deviam ter mais de 100 anos. Vi o portão da estrebaria ao lado de um prédio, uma estrutura cinzenta e miserável. Sobre a moldura da porta, lia-se a data da construção: 1888. De onde estava, percebi que o prédio não passava do anexo de uma estrutura maior, que ocupava todo o quarteirão. O outro edifício tinha dimensões palacianas, mas estava coberto por um rochedo feito de andaimes e lonas sujas que o escondiam completamente. Podia haver uma catedral escondida lá dentro. Tentei adivinhar o que era, sem êxito. Não consegui me lembrar de qualquer estrutura daquele tipo naquela parte do Raval.

Fui até lá e dei uma olhada entre os painéis de madeira que cobriam os andaimes. Uma escuridão espessa escondia uma grande marquise de estilo modernista. Consegui ver algumas colunas e uma fileira de janelinhas decoradas com um intrincado desenho de ferro batido. Bilheterias. Os arcos da entrada, que apareciam mais adiante, lembravam os portões de um castelo de lenda. E tudo aquilo estava coberto por uma capa de entulho, umidade e abandono. De repente, entendi onde estava. Era o Gran Teatro Real, o suntuoso monumento que Mijail Kolvenik mandou construir para sua esposa Eva, cujo palco ela nunca pôde estrear. O teatro se erguia agora como uma colossal catacumba em ruínas. Um filho bastardo do Opéra de Paris com a igreja da Sagrada Família, à espera de ser demolido.

Voltei ao edifício que hospedava a estrebaria. O pórtico era um buraco negro. O portão de madeira abrigava uma portinhola que lembrava a entrada de um convento. Ou uma prisão. A portinhola estava aberta, e entrei no vestíbulo. Uma claraboia fantasmagórica se elevava até uma galeria de vidros quebrados. Uma teia de aranha de cabides cobertos de farrapos se agitava ao vento. O lugar cheirava a miséria, esgoto e doença. As paredes transpiravam água suja de canos quebrados. O chão estava encharcado. Distingui uma pilha de caixas de correio enferrujadas e me aproximei para olhar melhor. Em sua maioria, estavam vazias, quebradas e sem nome. Só uma parecia em uso. Li um nome por baixo da sujeira.

Luis Claret i Milá, 3º

Aquele nome parecia familiar, mas eu não sabia de onde. Seria essa a identidade do cocheiro? Repeti-o duas vezes, tentando lembrar de onde o conhecia. De repente, minha memória se iluminou. O inspetor Florián dissera que, nos últimos anos da vida de Kolvenik, só duas pessoas tiveram acesso a ele e a sua esposa, na torre do parque Güell: Shelley, seu médico pessoal, e Luis Claret, o motorista que se recusava a abandonar o patrão. Remexi os bolsos em busca do telefone que Florián tinha me dado, caso algum dia precisássemos falar com ele. Pensei que tinha achado quando ouvi vozes e passos no alto da escada. Fugi.

Já na rua, corri para me esconder atrás da esquina com a viela. Em pouco tempo, uma silhueta surgiu na porta e começou a caminhar sob a chuva. Era o cocheiro de novo. Claret. Esperei que sua figura desaparecesse e segui o eco de seus passos.

19

Seguindo o rastro de Claret, me transformei numa sombra entre as sombras. Dava para sentir a pobreza e a miséria daquele bairro no ar. Claret caminhava com largas passadas por ruas em que eu nunca estivera. Não consegui me localizar até que ele dobrou uma esquina e reconheci a calle Conde del Asalto. Ao chegar às Ramblas, Claret dobrou à esquerda, rumo à Plaza Cataluña.

Alguns poucos notívagos cruzavam o passeio. Os quiosques iluminados pareciam navios encalhados. Ao chegar ao Liceo, Claret mudou de calçada. Parou diante do portão do edifício onde moravam o dr. Shelley e sua filha María. Antes de entrar, vi quando tirou um objeto brilhante do interior da capa. O revólver.

A fachada do edifício era uma máscara de relevos e gárgulas que cuspiam rios de água suja. Uma espada de luz dourada emergia de uma janela no topo do edifício. O consultório de Shelley. Imaginei o velho médico em sua poltrona de inválido, incapaz de conciliar o sono. Corri até a entrada. A porta estava trancada por dentro. Claret tinha trancado. Inspecionei a fachada em busca de outra entrada. Dei a volta no edifício. Na parte de trás, uma pequena escada de incêndio subia até uma cornija que rodeava todo o prédio. A cornija formava uma passarela de pedra até os balcões da fachada principal. De lá até a rotunda onde ficava o consultório de Shelley eram só alguns metros. Subi a escada até a cornija. Uma vez lá, estudei de novo a rota. Vi que a cornija só tinha dois palmos da largura. A meus pés, a queda até a rua parecia um abismo. Respirei fundo e dei o primeiro passo.

Grudei na parede e avancei centímetro por centímetro. A superfície era escorregadia. Alguns blocos de pedra se moviam sob meus pés. Tive a sensação de que a cornija ficava mais esteita a cada passo e de que a parede às minhas costas se inclinava para a frente, pontilhada de pequenas efígies de faunos. Enfiei os dedos na careta demoníaca de um daqueles rostos esculpidos, com medo que as goelas se fechassem, talhando meus dedos. Utilizando-os como apoio, consegui chegar ao parapeito de ferro batido que cercava a rotunda do consultório de Shelley.

Consegui alcançar a plataforma gradeada diante das janelas. Os vidros estavam embaçados. Encostei o rosto no vidro e consegui vislumbrar o interior. A janela não estava fechada por dentro. Empurrei delicadamente até entreabri-la. Uma lufada de ar quente, impregnado do cheiro da lenha queimada na lareira, soprou em meu rosto. O médico ocupava sua poltrona diante do fogo, como se nunca tivesse saído de lá. Às suas costas, as portas do consultório se abriram. Claret. Eu tinha chegado tarde demais.

— Você traiu seu juramento — disse Claret.

Era a primeira vez que ouvia sua voz com clareza. Grave, entrecortada, como a do jardineiro do internato, Daniel, cuja laringe fora destroçada por uma bala na guerra. Os médicos reconstruíram sua garganta, mas o pobre homem precisou de dez anos para falar de novo. E quando o fazia, o som que brotava de seus lábios era como a voz de Claret.

— Disse que tinha destruído o último frasco... — continuou Claret, aproximando-se de Shelley.

O outro nem se deu ao trabalho de virar. Vi o revólver de Claret se erguer no ar e apontar para o médico.

— Está enganado a meu respeito — disse Shelley.

Claret deu a volta na poltrona e parou na frente do velho. Shelley levantou os olhos. Se estava com medo, não demonstrava. Claret apontou para sua cabeça.

— Está mentindo. Eu devia te matar agora mesmo... — disse Claret, arrastando cada sílaba como se lhe doesse pronunciá-las.

Pousou o cano do revólver entre os olhos de Shelley.

— Vamos! Estaria me fazendo um favor — disse Shelley, sereno.

Engoli em seco. Claret travou o percussor.

— Onde está?

— Não está aqui.

— Onde então?

— Você sabe — replicou Shelley.

Ouvi Claret suspirar. Ele afastou a pistola e deixou o braço cair, abatido.

— Estamos todos condenados — disse Shelley. — É só questão de tempo... Você nunca entendeu isso e agora está entendendo menos ainda.

— O que não entendo é você — disse Claret. — Enfrentarei a morte com a consciência limpa.

Shelley riu amargamente.

— A morte pouco se importa com consciências, Claret.

— Mas eu me importo.

De repente, María Shelley apareceu na porta.

— Pai... está tudo bem?

— Sim, María. Volte para a cama. É só o amigo Claret, que já estava de saída.

María hesitou. Claret a observava fixamente e por um instante tive a impressão de que havia alguma coisa indefinida no jogo de seus olhares.

— Faça o que pedi. Saia.

— Está bem, papai.

María se retirou. Shelley pousou os olhos no fogo novamente.

— Cuide então da sua consciência. Eu tenho uma filha para cuidar. Volte para casa. Não pode fazer nada. Ninguém pode fazer nada. Viu o que aconteceu com Sentís.

— Sentís teve o fim que merecia — sentenciou Claret.

— Não está pensando em ir se encontrar com ele, está?

— Não abandono os amigos.

— Mas eles abandonaram você — disse Shelley.

Claret caminhou para a saída, mas parou ao ouvir o pedido de Shelley.

— Espere...

Aproximou-se de um armário que ficava ao lado da escrivaninha. Procurou uma correntinha em seu pescoço, com uma chave pendurada. Com ela, abriu o armário. Pegou alguma coisa lá dentro e estendeu a Claret.

— Pegue — ordenou. — Não tenho coragem suficiente para usá-las. Nem a fé.

Forcei os olhos, tentando descobrir o que ele estava entregando a Claret. Era um estojo e tive a impressão de que continha cápsulas prateadas. Balas.

Claret aceitou e examinou-as cuidadosamente. Seus olhos se encontraram com os de Shelley.

— Obrigado — murmurou Claret.

Shelley negou em silêncio, como se não quisesse agradecimento algum. Vi Claret esvaziar a câmara de sua arma, recarregando-a com as balas que Shelley tinha lhe dado. Enquanto fazia isso, Shelley observava nervosamente, esfregando as mãos.

— Não vá — implorou Shelley.

O outro fechou a câmara da pistola e girou o tambor.

— Não tenho escolha — replicou, já a caminho da saída.

Assim que desapareceu, deslizei novamente para a cornija. A chuva tinha parado. Tentei ser mais rápido para não perder o rastro de Claret. Refiz meus passos até a escada de incêndio, desci e dei a volta no edifício apressadamente, ainda a tempo de ver Claret descendo Ramblas abaixo. Apertei o passo e encurtei a distância. Ele seguiu reto até a calle Fernando, em direção à Plaza de San Jaime. Vi um telefone público entre os pórticos da Plaza Real. Sabia que devia ligar para o inspetor Florián o quanto antes e contar o que estava acontecendo, mas parar significava perder Claret.

Quando ele entrou no Bairro Gótico, fui atrás. Não demorou para que sua silhueta se perdesse entre pontes estendidas entre palácios. Arcos impossíveis projetavam sombras dançantes sobre as paredes. Tínhamos chegado à Barcelona encantada, ao labirinto dos espíritos, onde as ruas tinham nomes de lenda e os duendes do tempo caminhavam às nossas costas.

20

Segui o rastro de Claret até uma ruazinha escondida atrás de uma catedral. Uma loja de máscaras marcava a esquina. Aproximei-me do balcão e senti o olhar vazio dos rostos de papel. Inclinei-me para dar uma olhada. Claret estava parado cerca de 20 metros adiante, junto a um bueiro que descia para os esgotos. Lutava para abrir a pesada tampa de metal. Quando conseguiu retirá-la, vi que entrou no buraco. Só então me aproximei. Ouvi passos descendo os degraus de metal e o reflexo de um raio de luz. Abaixei até a boca dos esgotos e debrucei na beira. Uma corrente de ar viciado subia por aquele poço. Fiquei ali até não ouvir mais os passos de Claret e as trevas devorarem o feixe de luz que ele carregava.

Era a hora de ligar para o inspetor Florián. Vi luzes num bar que ou fechava muito tarde ou abria muito cedo. O local era uma cela que fedia a vinho e ocupava a sobreloja de um edifício que não devia ter menos de 300 anos. O dono do bar era um homem de cor avinagrada e olhos diminutos, que usava algo que parecia ser um barrete militar. Levantou as sobrancelhas e olhou para mim com desgosto. Às suas costas, a parede estava decorada com bandeirinhas da Divisão Azul, postais do Valle de los Caídos e um retrato de Mussolini.

— Fora — latiu. — Só abrimos às cinco.

— Só quero usar o telefone. É uma emergência.

— Volte às cinco.

— Se pudesse voltar às cinco, não seria uma emergência... Por favor. É para chamar a polícia.

O sujeito me examinou cuidadosamente e por fim apontou para um telefone na parede.

— Espero que dê linha. Tem dinheiro para pagar, não?

— Claro — menti.

O fone estava sujo e sebento. Junto ao aparelho, havia um cinzeiro de vidro com caixinhas de fósforos impressas com o nome do estabelecimento e uma águia imperial. Bodega Valor, lia-se. Aproveitei que o proprietário estava de costas ligando o contador e enchi os bolsos de caixinhas de fósforos. Quando ele virou, sorri na mais santa inocência. Disquei o número que Florián me dera e ouvi o telefone tocar várias vezes, sem resposta. Comecei a temer que o sujeito que não dormia tivesse caído no sono sob o ataque dos boletins da BBC, quando alguém levantou o fone do outro lado da linha.

— Boa noite, desculpe incomodar a essa hora — disse. — Preciso falar com o inspetor Florián, é urgente. É uma emergência. Ele me deu esse número caso...

— Quem quer falar com ele?

— Óscar Drai.

— Óscar o quê?

Tive de soletrar meu sobrenome com toda a paciência.

— Um momentinho. Não sei se Florián está em casa. Não estou vendo a luz. Pode esperar?

Olhei para o dono do bar, que secava copos em ritmo marcial, sob o olhar galhardo do *Duce*.

— Sim — respondi, destemido.

A espera foi interminável. O dono do bar não parava de olhar para mim como se eu fosse um criminoso procurado. Tentei sorrir para ele. Nada.

— Poderia me servir um café com leite? — perguntei. — Estou gelado.

— Não até as cinco.

— Pode me dizer que horas são, por favor? — perguntei.

— Ainda falta um bocado para as cinco — respondeu. — Tem certeza que ligou para a polícia?

— Para a benemérita Guarda Civil, para ser exato — improvisei.

Finalmente, ouvi a voz de Florián. Parecia bem desperto e alerta.

— Óscar? Onde você está?

Contei o essencial da história tão rápido quanto podia. Quando falei do túnel dos esgotos, notei que ficou tenso.

— Ouça com atenção, Óscar. Quero que me espere aí onde está. Não saia daí até eu chegar. Vou pegar um táxi num segundo. Se acontecer algo, corra e não pare até chegar ao comissariado de vía Layetana. Lá, pergunte por Mendoza. Ele me conhece e é de confiança. Mas aconteça o que acontecer, ouviu bem?... aconteça o que acontecer não desça para os esgotos. Fui claro?

— Como água.

— Estarei aí num minuto.

E cortou a ligação.

— São 60 pesetas — disse imediatamente o proprietário às minhas costas. — Tarifa noturna.

— Pagarei às cinco, meu general — soltei, com educação.

As bolsas penduradas sob os olhos do sujeiro ganharam a cor do vinho de Rioja.

— Olhe aqui, moleque, que vou partir sua cara em duas! — ameaçou, furioso.

Saí correndo antes que ele conseguisse sair de trás do balcão armado com seu porrete antitumultos. Esperaria Florián ao lado da loja de máscaras. Não ia demorar, tinha garantido.

Os sinos da catedral bateram às quatro da madrugada. Os sinais de cansaço começavam a me rodear como um bando de lobos famintos. Caminhei em círculos para combater o frio e o sono. Em seguida, ouvi passos no pavimento de pedra da rua. Virei para receber Florián, mas a silhueta que vi nada tinha a ver com o velho policial. Era uma mulher. Instintivamente, tratei de me esconder, temendo que a dama de negro tivesse vindo atrás de mim. A sombra da mulher se recortou na rua e ela cruzou na minha frente sem me ver. Era María, a filha do dr. Shelley.

Foi até a boca do túnel e inclinou-se para olhar o abismo. Segurava um frasco de vidro. Seu rosto brilhava sob a luz da lua, transfigurado. Sorria. Percebi imediatamente que alguma coisa estava errada. Fora de lugar. Passou pela minha cabeça que ela estava sob uma espécie de transe, que tinha caminhado sonâmbula até ali. Era a única explicação que me ocorria. Preferia aquela hipótese absurda a encarar outras alternativas. Pensei em abordá-la, chamá-la pelo nome, qualquer coisa assim. Enchendo-me de coragem, dei um passo à frente. Assim que o fiz, María se virou com uma rapidez e uma agilidade felinas, como se tivesse farejado minha presença no ar. Seus olhos brilharam na viela e a careta que se desenhou em seu rosto gelou o sangue em minhas veias.

— Suma daqui — murmurou com voz desconhecida.

— María? — articulei, perplexo.

Um segundo depois, ela saltou dentro do túnel. Corri até o bueiro certo de que veria o corpo de María Shelley destroçado. Um raio de luar passou rapidamente sobre o poço. O rosto de María brilhou lá no fundo.

— María — gritei. — Espere!

Desci as escadas o mais rápido que pude. Um cheiro fétido e penetrante me assaltou assim que percorri os primeiros metros. A esfera de claridade na superfície foi diminuindo de tamanho. Procurei uma das caxinhas de fósforos e acendi um. A visão era fantasmagórica. Um túnel circular se perdia na escuridão. Umidade e podridão. Chiados de ratazanas. E o eco infinito do labirinto de túneis por baixo da cidade. Uma inscrição na parede coberta de lodo dizia:

SGAB/1881
COLETOR SETOR IV / NÍVEL 2 — TRECHO 66

Do outro lado do túnel, o muro tinha desmoronado. O subsolo invadira parte do coletor. Era possível apreciar as diversas camadas de antigos níveis da cidade, empilhadas umas sobre as outras.

Contemplei os cadáveres das velhas Barcelonas sobre as quais se erguia a nova cidade. O cenário onde Sentís tinha encontrado a morte. Acendi outro fósforo. Reprimi as ânsias de vômito que subiam pela minha garganta e avancei alguns metros na direção dos passos.

— María?

Minha voz se transformou num eco fantasmagórico, cujo efeito gelou meu sangue. Resolvi fechar a boca. Descobri dezenas de pontinhos vermelhos que se moviam como insetos sobre um tanque. Ratazanas. A chama dos fósforos que ia acendendo mantinha os animais a uma distância prudente.

Estava avaliando se devia seguir adiante ou não, quando ouvi uma voz distante. Olhei pela última vez para o começo da rua. Nem sombra de Florián. Ouvi a voz de novo. Suspirei e caminhei em direção às trevas.

O túnel por onde avançava me fez pensar nos intestinos de um animal. O solo estava coberto por um riacho de águas fecais. Continuei sem nenhuma outra luz a não ser a dos fósforos. Acendia um no outro, para não deixar a escuridão me rodear por completo. À medida que penetrava naquele labirinto, meu olfato ia se acostumando com o fedor de cloaca. Percebi também que a temperatura estava aumentando. Uma umidade pegajosa aderia à pele, à roupa, aos cabelos.

Alguns metros mais adiante, brilhando sobre a parede, descobri uma cruz vermelha pintada grosseiramente. Outras cruzes parecidas marcavam as paredes. Tive a impressão de ter visto alguma coisa brilhar no chão. Abaixei para examinar e vi que se tratava de uma fotografia. Reconheci a imagem na mesma hora. Era um dos retratos do álbum que tínhamos encontrado na estufa. Havia outras fotografias no chão. Todas vindas do mesmo lugar. Estavam soltas pelo chão. Vinte passos depois achei o álbum praticamente destroçado. Peguei e virei as páginas vazias: era como se alguém estivesse procurando alguma coisa e, ao não encontrar, tivesse despedaçado o álbum com raiva.

Estava diante de uma encruzilhada, uma espécie de câmara de distribuição ou convergência de ductos. Levantei os olhos e vi que a boca de outro corredor se abria bem no lugar onde me encontrava. Pensei ter identificado uma grade. Levantei o fósforo naquela direção, mas uma lufada de ar infecto soprado por um dos ductos apagou a chama. Nesse exato momento, ouvi alguma coisa se deslocando, lentamente, roçando as paredes, gelatinosa. Senti um calafrio na base da nuca. Peguei outro fósforo no escuro e tentei acendê-lo às cegas, mas a chama não pegava. Dessa vez estava seguro: alguma coisa se movia nos túneis, alguma coisa viva que não eram as ratazanas. Estava asfixiando. A pestilência daquele lugar penetrou brutalmente em minhas narinas. Um fósforo finalmente acendeu em meus dedos. No começo, a luz me cegou. Em seguida, vi alguma coisa rastejando na minha direção. Vinham de todos os túneis. Eram figuras indefinidas que se arrastavam como aranhas pelos ductos. O fósforo caiu dos meus dedos trêmulos. Quis sair correndo, mas meus músculos estavam paralisados.

De repente, um raio de luz cortou as sombras, iluminando a visão fugaz de algo que parecia um braço se estendendo para mim.

— Óscar!

O inspetor Florián corria em minha direção. Segurava uma lanterna na mão estendida. Na outra, um revólver. Florián me alcançou e varreu cada canto com a luz da lanterna. Os dois ouvíamos o som arrepiante daquelas silhuetas batendo em retirada, fugindo da luz. Florián sustentava a pistola no alto.

— O que era aquilo?

Quis responder, mas minha voz falhou.

— Que diabos você está fazendo aqui embaixo?

— María... — articulei.

— O quê?

— Enquanto esperava o senhor, vi María Shelley se jogar dentro do buraco do esgoto e...

— A filha de Shelley? — perguntou Florián, espantado. — Aqui?

— É.

— E Claret?

— Não sei. Segui o rastro de pegadas até aqui...

Florián inspecionou as paredes que nos rodeavam. Havia uma comporta de ferro coberta de ferrugem na extremidade da galeria. Ele franziu as sobrancelhas e se aproximou lentamente. Fui atrás, grudado nele.

— São esses os túneis onde Sentís foi encontrado?

Florián fez que sim em silêncio, apontando para a outra extremidade do túnel.

— Essa rede de coletores se estende até o antigo mercado do Borne. Sentís foi encontrado naquela área, mas havia indícios de que o corpo tinha sido arrastado até lá.

— Não é lá que fica a velha fábrica da Velo-Granell?

Florián concordou de novo.

— Não acha que alguém está usando esses corredores subterrâneos para se locomover sob a cidade, da fábrica para...?

— Tome, segure a lanterna — cortou Florián. — E isso.

"Isso" era o revólver. Peguei o revólver enquanto ele forçava a porta de metal. A arma era mais pesada do que eu imaginava. Coloquei o dedo no gatilho e examinei-a sob a luz da lanterna. Florián me deu uma olhada assassina.

— Não é um brinquedo, cuidado. Vai se fazendo de bobo que uma bala ainda arrebenta sua cabeça como uma melancia.

A porta cedeu. O fedor que chegou do interior era indescritível. Demos alguns passos para trás, combatendo a ânsia de vômito.

— Que merda tem aí dentro? — exclamou Florián.

Pegou um lenço e cobriu a boca e o nariz com ele. Entreguei a arma a ele e continuei empunhando a lanterna. Florián empurrou a porta com um pontapé. Iluminei o interior. A atmosfera era tão pesada que não se via nada. Florián destravou o percussor e avançou até a soleira.

— Fique aqui — ordenou.

Ignorei suas palavras e avancei até a entrada da câmara.

— Santo Deus!... — ouvi Florián exclamar.

Senti que o ar me fugia. Era impossível aceitar a visão que se oferecia aos nossos olhos. Presos nas trevas, pendurados em ganchos enferrujados, havia dezenas de corpos inertes e incompletos. Sobre duas grandes mesas, estranhas ferramentas jaziam no mais completo caos: peças de metal, engrenagens e mecanismos construídos em madeira e aço. Uma coleção de frascos repousava numa vitrine de vidro, um jogo de seringas hipodérmicas e uma parede repleta de instrumentos cirúrgicos sujos, escurecidos.

— O que é isso? — murmurou Florián, tenso.

Uma figura de madeira e pele, de metal e osso estava estendida numa das mesas como um brinquedo inacabado. Representava um menino com olhos redondos de réptil; uma língua bifurcada despontava entre seus lábios negros. Sobre a testa, marcado a fogo, via-se claramente o símbolo da borboleta.

— É a oficina dele... O lugar onde ele os cria... — deixei escapar em voz alta.

Foi então que os olhos daquele boneco infernal se mexeram. Girou a cabeça. Suas entranhas produziam o som de um relógio que se ajusta. Senti suas pupilas de serpente pousarem nas minhas. A língua bifurcada lambeu os lábios. Estava sorrindo para nós.

— Vamos embora daqui — disse Florián. — Já!

Voltamos à galeria e fechamos a porta às nossas costas. Florián respirava entrecortadamente. Eu não conseguia nem falar. Ele tirou a lanterna das minhas mãos trêmulas e inspecionou o túnel. Enquanto ele fazia isso, vi uma gota atravessar o feixe de luz. E outra. E outra mais. Gotas brilhantes de cor escarlate. Sangue. Olhamos um para o outro em silêncio. Alguma coisa gotejava do teto. Com um gesto, Florián ordenou que me afastasse alguns passos e dirigiu o feixe de luz para cima. Vi seu rosto empalidecer e sua mão firme começar a tremer.

— Corra — foi a única coisa que disse. — Saia daqui agora!

Levantou o revólver depois de me dar uma última olhada. Li em seus olhos primeiro o terror, em seguida a estranha certeza de morte. Entreabriu os lábios para dizer alguma coisa, mas nenhum som chegou a sair de sua boca. Uma figura escura caiu em cima dele e acertou-o antes que pudesse mover um músculo. Soou um disparo, um estrondo ensurdecedor que ecoou contra a parede. A lanterna foi parar na corrente de água. O corpo de Florián foi lançado contra a parede com tanta força que abriu uma brecha em forma de cruz nos ladrilhos escurecidos. Tive certeza de que estava morto antes mesmo que se desprendesse da parede e caísse no chão, inerte.

Saí correndo, procurando desesperadamente o caminho de volta. Um uivo animal inundou os túneis. Virei. Uma dúzia de criaturas que se arrastavam, vindas de todos os lados. Corri como nunca tinha feito em toda a minha vida, ouvindo a turba uivar às minhas costas, tropeçando. A imagem do corpo de Florián incrustado na parede continuava gravada em minha mente.

Estava bem perto da saída quando uma silhueta saltou na minha frente, alguns metros adiante, impedindo-me de chegar às escadas que subiam para a saída. Parei bruscamente. A luz que se filtrava iluminou o rosto de um arlequim. Dois losangos negros cobriam seu olhar de vidro e os lábios de madeira deixavam à mostra dois caninos de aço. Dei um passo atrás. Duas mãos pousaram em meus ombros e as unhas rasgaram minha roupa. Algo rodeou meu pescoço. Era viscoso e gelado. Senti o nó se apertar, cortando minha respiração. Minha visão começou a embaçar. Uma coisa agarrou meus tornozelos. Diante de mim, o arlequim se ajoelhou e estendeu as mãos para o meu rosto. Pensei que ia desmaiar. Rezei para que isso acontecesse. Um segundo depois, aquela cabeça de madeira, pele e metal estalou em mil pedaços.

O disparo veio da minha direita. O estrondo perfurou meus tímpanos e o cheiro de pólvora impregnou o ar. O arlequim desmoronou a meus pés. Houve um segundo disparo. A pressão em minha garganta afrouxou e caí de bruços. Só sentia o cheiro intenso de pólvora. Percebi que alguém me puxava. Abri os olhos e consegui ver um homem se inclinando sobre mim e me levantando no ar.

Logo em seguida, vi a claridade do dia e meus pulmões se encheram de ar puro. Perdi os sentidos. Lembro de ter sonhado com cascos de cavalo trotando enquanto uma profusão de sinos tocava sem parar.

21

O quarto onde despertei parecia familiar. As janelas estavam fechadas e uma claridade diáfana se filtrava pelas venezianas. Uma figura se ergueu ao meu lado, observando-me em silêncio. Marina.

— Bem-vindo ao mundo dos vivos.

Levantei num salto. Minha visão escureceu imediatamente e senti lascas de gelo perfurando meu cérebro. Marina me segurou, enquanto a dor se apagava lentamente.

— Calma — sussurrou ela.

— Como cheguei aqui...?

— Foi trazido por alguém, numa carruagem, ao amanhecer. A pessoa não disse quem era.

— Claret... — murmurei, enquanto as peças começavam a se encaixar em minha mente.

Foi Claret quem me tirou do túnel e me trouxe de volta para o casarão de Sarriá. Compreendi que lhe devia a vida.

— Você me deu um susto mortal. Onde se meteu? Passei a noite inteira esperando. Nunca mais faça uma coisa dessas na vida, entendeu bem?

Todo o meu corpo doía só de mexer a cabeça para dizer sim. Deitei de novo. Marina aproximou um copo de água fresca de minha boca. Bebi de um só gole.

— Quer mais, não é?

Fechei os olhos e ouvi ela enchendo o copo de novo.

— E Germán? — perguntei.

— No ateliê. Estava preocupado com você. Eu disse que você tinha comido alguma coisa que te fez mal.

— E ele acreditou?

— Meu pai acredita em tudo que eu digo — respondeu Marina, sem malícia.

Estendeu o copo d'água.

— O que ele fica fazendo esse tempo todo no ateliê se não pinta mais?

Marina pegou meu braço e verificou a pulsação.

— Meu pai é um artista — disse em seguida. — Os artistas vivem no futuro ou no passado, nunca no presente. Germán vive de recordações. É tudo o que ele tem.

— Mas ele tem você.

— Eu sou a maior de todas as recordações dele — disse, encarando-me dentro dos olhos. — Trouxe alguma coisa para você comer. Precisa recuperar as forças.

Neguei. A simples ideia de comer me dava ânsias de vômito. Marina colocou a mão em minha nuca, apoiando-me para que bebesse mais água. A água fria, limpa, parecia um bênção.

— Que horas são?

— Três, quatro da tarde. Você dormiu quase oito horas.

Colocou a mão na minha testa e deixou-a ali por alguns segundos.

— Pelo menos está sem febre.

Abri os olhos e sorri. Marina olhava para mim séria, pálida.

— Estava delirando. Falando em sonhos...

— E o que disse?

— Bobagens.

Toquei minha garganta com os dedos. Estava dolorida.

— Não põe a mão — disse Marina, afastando minha mão. — Está com uma ferida feia no pescoço. E cortes nos ombros e nas costas. Quem fez isso?

— Não sei...

Marina suspirou, impaciente.

— Quase morri de medo. Não sabia mais o que fazer. Procurei uma cabine e liguei para Florián, mas no bar me disseram que você tinha acabado de ligar e o inspetor tinha saído sem dizer para onde ia. Voltei a ligar pouco antes do amanhecer e ele ainda não tinha voltado...

— Florián está morto — disse, ouvindo minha voz se partir ao pronunciar o nome do pobre inspetor. — Ontem à noite, voltei mais uma vez ao cemitério — comecei.

— Você só pode estar maluco — interrompeu Marina.

Ela provavelmente tinha razão. Sem dizer uma palavra mais, ofereceu o terceiro copo d'água, que bebi até a última gota. Em seguida, lentamente, contei tudo o que tinha acontecido na noite anterior. Quando terminei meu relato, Marina se limitou a me olhar em silêncio. Parecia preocupada com alguma outra coisa, algo que não tinha nada a ver com tudo o que eu tinha acabado de contar. Insistiu para que eu comesse alguma coisa, com fome ou sem. Ofereceu pão com chocolate e não tirou os olhos de cima de mim enquanto não dei provas de que tinha engolido quase meia barra junto com um pãozinho do tamanho de um táxi. A chicotada do açúcar na circulação não demorou a chegar, e me senti reviver.

— Enquanto você dormia, eu também brinquei de detetive — disse Marina, apontando para um grande volume encadernado em couro pousado sobre a mesa.

Li o título do livro.

— Está interessada em entomologia.

— Animais — esclareceu Marina. — Encontrei nossa amiga, a borboleta negra.

— Teufel...

— Uma criatura adorável. Vive em túneis ou sótãos, longe da luz. Tem um ciclo de vida de 14 dias. Antes de morrer, enterra o corpo no entulho e três dias depois uma nova larva nasce lá.

— Ressuscita?

— Pode-se dizer isso.

— E de que ela se alimenta? — perguntei. — Não há flores nem pólen nos túneis...

— Come as próprias crias — explicou Marina. — Isso é tudo. Vidas exemplares dos nossos primos, os insetos.

Marina se aproximou da janela e abriu as cortinas. O sol invadiu o quarto. Mas ela ficou parada ali, pensativa. Quase podia ouvir as engrenagens do seu cérebro funcionando sem parar.

— Que sentido poderia ter atacar você para recuperar o álbum de fotografias e em seguida abandoná-las?

— Provavelmente, quem me atacou procurava alguma coisa que devia estar no álbum.

— Mas seja o que for, não estava mais... — completou Marina.

— O dr. Shelley... — disse, recordando de repente.

Marina olhou sem entender.

— Quando nos encontramos, mostramos a foto em que ele aparecia no consultório — disse eu.

— E ele ficou com ela!...

— Não só isso. Quando estávamos saindo, vi quando ele jogou a foto no fogo.

— E por que Shelley destruiria uma fotografia?

— Talvez mostrasse algo que não quisesse que ninguém visse... — respondi, saltando da cama.

— Onde você está pensando que vai?

— Procurar Luis Claret — repliquei. — Ele conhece a chave de todo esse mistério.

— Não vai sair dessa casa antes de 24 horas — sentenciou Marina, apoiando-se contra a porta. — O inspetor Florián deu a vida para que você tivesse uma chance de escapar.

— Em 24 horas, isso que se esconde nos esgotos vai vir nos buscar se não fizermos alguma coisa para impedir — disse eu. — O mínimo que Florián merece é que alguém lhe faça justiça.

— Shelley disse que a morte não se importa nem um pouco com a justiça — lembrou Marina. — Talvez ele tenha razão.

— Talvez — admiti. — Mas a gente se importa.

Quando chegamos aos limites do Raval, a névoa inundava os becos, colorida pelas luzes dos casebres e bares esfarrapados. Tínhamos deixado para trás o movimento amigável das Ramblas, penetrando no poço mais miserável de toda a cidade. Não havia nem sombra de turistas ou curiosos. Olhares furtivos nos seguiam por trás de portões malcheirosos e janelas abertas sobre fachadas que se desfaziam como argila. O eco de televisões e rádios se erguia entre os desfiladeiros de miséria, sem nunca conseguir ultrapassar os telhados. A voz do Raval nunca chega ao céu.

Não demorou para que, entre os restos de edifícios cobertos por décadas de sujeira, surgisse a silhueta escura e monumental das ruínas do Gran Teatro Real. Na ponta, como um cata-vento, divisava-se a figura da borboleta de asas negras. Paramos para contemplar aquela visão fantástica. O edifício mais delirante já construído em Barcelona se desfazia como um cadáver num pântano.

Marina apontou para as janelas iluminadas do terceiro andar do anexo do teatro. Reconheci a entrada das estrebarias. Era a residência de Claret. Fomos até o portão. O interior da escada ainda estava encharcado pelo temporal da véspera. Começamos a subir os degraus gastos e escuros.

— E se ele não quiser nos receber? — perguntou Marina, perturbada.

— É mais provável que esteja nos esperando — foi o que eu disse.

Quando chegamos ao segundo andar, observei que Marina respirava com dificuldade e pesadamente. Parei e vi que seu rosto empalidecia.

— Você está bem?

— Um pouco cansada — respondeu ela, com um sorriso que não me convenceu. — Você anda rápido demais para mim.

Segurei sua mão, amparando-a degrau por degrau até o terceiro andar. Paramos na frente da porta de Claret. Marina respirou profundamente. Seu peito tremia ao respirar.

— Estou bem, de verdade — disse ela, adivinhando meus temores. — Vamos, bate na porta. Não me trouxe até aqui para visitar a vizinhança, acho eu.

Bati na porta com os nós dos dedos. Era de madeira antiga, sólida e grossa como uma parede. Bati de novo. Passos lentos se aproximaram da soleira. A porta se abriu e Luis Claret, o homem que tinha salvado minha vida, nos recebeu.

— Entrem — limitou-se a dizer, virando-se para o interior do apartamento.

Fechamos a porta às nossas costas. O apartamento era escuro e frio. A pintura pendia em lascas do teto como a pele de um réptil. Lustres sem lâmpadas criavam teias de aranha. O mosaico de ladrilhos aos nossos pés estava todo quebrado.

— Por aqui — disse a voz de Claret lá de dentro.

Seguimos seu rastro até uma sala mal iluminada por um braseiro. Claret estava sentado na frente dos carvões acesos, olhando as brasas em silêncio. As paredes, cobertas de velhos retratos, mostravam rostos e gente de outras épocas. Claret levantou o olhar para nós. Tinha os olhos claros e penetrantes, cabelo prateado e a pele como um pergaminho. Dezenas de linhas marcavam o tempo em seu rosto, mas apesar da idade avançada emanava um ar de força que muitos homens trinta anos mais jovens gostariam de ter. Um galã de opereta envelhecido ao sol, com dignidade e estilo.

— Não tive oportunidade de agradecer. Por ter salvado minha vida.

— Não é a mim que deve agradecer. Como conseguiram me encontrar?

— O inspetor Florián falou do senhor — adiantou-se Marina. — Contou que o senhor e o dr. Shelley foram as únicas pessoas que ficaram com Mijail Kolvenik e Eva Irinova até o último momento. Disse que nunca os abandonou. Como conheceu Mijail Kolvenik?

Um débil sorriso aflorou nos lábios de Claret.

— O sr. Kolvenik chegou à cidade num dos piores invernos do século — explicou. — Sozinho, faminto e acossado pelo frio, teve de se refugiar no portão de um velho edifício para passar a noite. Tinha só algumas moedas com as quais talvez pudesse comprar um pouco de pão ou um café quente. Nada mais. Enquanto resolvia o que fazer, descobriu que havia mais alguém no portão. Um menino que não tinha mais de 5 anos, em farrapos, um mendigo que, como ele, tinha se refugiado naquele lugar. Kolvenik e o menino não falavam a mesma língua, de modo que se entendiam mal. Mas Kolvenik sorriu para ele e lhe deu todo o dinheiro que tinha, indicando com gestos que fosse comprar comida. O pequeno, sem acreditar no que acontecia, correu para comprar uma broa de pão numa padaria que ficava aberta a noite inteira, perto da Plaza Real. Voltou ao portão para dividir o pão com o desconhecido, mas viu que a polícia o levava preso. Na cadeia, foi brutalmente espancado pelos companheiros de cela. Por todos os dias em que Kolvenik passou no hospital da prisão, o menino esperou na porta, como um cão sem dono. Quando saiu, duas semanas depois, Kolvenik mancava. O menino estava lá para apoiá-lo. Transformou-se no seu guia e jurou que nunca abandonaria aquele homem que, na pior noite de sua vida, lhe entregara tudo o que tinha no mundo... Aquele menino era eu.

Claret levantou e indicou que o seguíssemos por um estreito corredor que conduzia a uma porta. Pegou uma chave e abriu. Do outro lado, havia outra porta, idêntica à primeira, e entre as duas, uma pequena câmara.

Para quebrar a escuridão reinante, Claret acendeu uma vela. Com outra chave, abriu a segunda porta. Uma corrente de ar inundou o corredor e fez a chama de vela vacilar. Senti Marina pegar minha mão no momento em que cruzamos para o outro lado. Uma vez lá, paramos. A visão que se abria diante dos nossos olhos era fabulosa. O interior do Gran Teatro Real.

Vários andares se erguiam até a grande cúpula. As cortinas de veludo pendiam dos camarotes, balançando no vazio. Grandes lustres de cristal esperavam na plateia infinita e deserta, ao lado das poltronas, uma conexão elétrica que nunca chegou. Estávamos numa entrada lateral do palco. Acima de nós, o urdimento erguia-se até o infinito, num universo de telas, andaimes, roldanas e passarelas que se perdia nas alturas.

— Por aqui — indicou Claret.

Atravessamos o palco. Alguns instrumentos dormiam no poço da orquestra. No pódio do maestro, uma partitura coberta de teias de aranha estava aberta na primeira página. Mais adiante, o grande tapete do corredor central da plateia traçava uma estrada para lugar nenhum. Claret se adiantou até uma porta iluminada e acenou pedindo que esperássemos na entrada. Marina e eu trocamos um olhar.

A porta dava para um camarim. Centenas de vestidos deslumbrantes pendiam de cabides metálicos. Uma das paredes estava totalmente coberta por espelhos cercados de refletores. A outra exibia dezenas de velhos retratos de uma mulher de beleza indescritível. Eva Irinova, a feiticeira dos palcos. A mulher para quem Mijail Kolvenik mandara construir aquele santuário. Foi então que a vi. A dama de negro se contemplava em silêncio, o rosto velado diante do espelho. Ao ouvir nossos passos, virou-se lentamente e fez que sim com a cabeça. Só então Claret permitiu nossa entrada. Fomos até ela como quem se aproxima de um fantasma, com uma mistura de medo e fascínio. Paramos a 2 metros. Claret permaneceu na soleira da porta, vigilante. A mulher virou de frente para o espelho novamente, estudando sua imagem.

De repente, com infinita delicadeza, levantou o véu. As poucas lâmpadas que funcionavam revelaram seu rosto no espelho ou o que o ácido tinha poupado de seu rosto. Ossos nus e pele murcha. Lábios sem forma, apenas um corte sobre as feições desfeitas. Olhos que não poderiam mais chorar. Permitiu que contemplássemos o horror, que normalmente ocultava com o véu, por um instante interminável. Em seguida, com a mesma delicadeza com que descobriu seu rosto e sua identidade, ela o escondeu de novo e indicou que nos sentássemos. Seguiu-se um longo silêncio.

Eva Irinova estendeu a mão até o rosto de Marina e acariciou-o, percorrendo suas faces, seus lábios, sua garganta. Lendo sua beleza e sua perfeição com dedos trêmulos e desejosos. Marina engoliu em seco. A dama retirou a mão e pude ver que seus olhos sem pálpebras brilharam por trás do véu. Só então começou a falar, contando a história que tinha escondido por mais de trinta anos.

22

"Nunca cheguei a conhecer meu país, senão por fotografias. Tudo o que sei da Rússia vem de histórias, conversas e lembranças de outras pessoas. Nasci numa barcaça que cruzava o Reno, numa Europa destroçada pela guerra e pelo terror. Muitos anos mais tarde, soube que minha mãe já me carregava no ventre quando atravessou a fronteira russo-polonesa, fugindo da revolução. Morreu ao dar à luz. Nunca soube qual era seu nome ou quem foi meu pai. Foi enterrada às margens do rio num túmulo sem inscrições, perdida para sempre. Um casal de atores de São Petersburgo que viajava no barco, Sergei Glazunow e sua irmã gêmea Tatiana, cuidaram de mim por compaixão e porque, segundo Sergei me disse anos depois, nasci com um olho de cada cor e isso é um sinal de sorte.

"Em Varsóvia, graças às artes e artimanhas de Sergei, entramos para uma companhia de circo que estava indo para Viena. Minhas primeiras lembranças são daquelas pessoas e seus animais, a lona do circo, os malabaristas e um faquir surdo-mudo chamado Vladimir, que engolia vidro, cuspia fogo e me dava de presente os pássaros de papel que construía como num passe de mágica. Sergei acabou virando o administrador da companhia e nos estabelecemos em Viena. O circo foi a minha escola e o lar onde cresci. Mas nessa época, já sabíamos que ele estava condenado. A realidade do mundo começava a ser mais grotesca que as pantomimas dos palhaços e as danças dos ursos. Em breve ninguém precisaria mais de nós. O século XX tinha se transformado no grande circo da história.

"Quando eu tinha 7 ou 8 anos, Sergei disse que já era hora de começar a ganhar meu sustento. Comecei a participar do espetáculo, primeiro como mascote dos truques de Vladimir e mais tarde com número próprio, no qual cantava uma canção de ninar para um urso, que acabava adormecendo. O número, que no início estava previsto como um curinga para permitir que os trapezistas preparassem seu próprio número, foi um sucesso. Ninguém ficou mais surpreso do que eu. Sergei resolveu aumentar minha participação. Foi assim que acabei cantando rimas para leões famélicos e doentes, de pé numa passarela iluminada. Os animais e o público me ouviam hipnotizados. Em Viena, todos falavam da menina cuja voz amansava as feras. E pagavam para vê-la. Eu tinha 9 anos.

"Sergei não demorou a perceber que não precisava mais do circo. A menina dos olhos de duas cores tinha cumprido a promessa de trazer boa sorte. Cumpriu os trâmites legais para ser meu tutor e anunciou ao resto da companhia que íamos nos instalar por conta própria. Mencionou o fato de que o circo não era um lugar apropriado para se criar uma menina. Quando descobriram que alguém tinha roubado parte da arrecadação do circo por anos, Sergei e Tatiana acusaram Vladimir, acrescentando também que estava tomando certas liberdades ilícitas comigo. Vladimir foi pego pelas autoridades e preso, mas o dinheiro nunca foi encontrado.

"Para celebrar sua independência, Sergei comprou um carro de luxo, um guarda-roupa de almofadinha e joias para Tatiana. Mudamos para uma mansão que Sergei tinha alugado nos bosques de Viena. Nunca ficou claro de onde saíram os recursos para pagar tanto luxo. Eu cantava todas as tardes e noites num teatro perto da Ópera, num espectáculo intitulado *O Anjo de Moscou*. Fui batizada como Eva Irinova, uma ideia de Tatiana, que tirou o nome de um folhetim em capítulos que fazia certo sucesso na imprensa. Aquela foi a primeira de muitas armações semelhantes. Por sugestão de Tatiana, contratamos vários professores: canto, arte dramática e dança. Quando não estava no palco, eu estava ensaiando. Sergei não permitia que eu tivesse amigos, saísse para passear ou ficasse sozinha para ler um livro. É para o seu bem, dizia sempre. Quando meu corpo começou a se desenvolver, Tatiana insistiu que eu precisava de um quarto só para mim. Sergei concordou de má vontade, mas insitiu que a chave ficaria com ele. Costumava chegar embriagado no meio da noite e entrar em meu quarto. A maioria das vezes estava tão bêbado que não conseguia enfiar a chave na fechadura. Outras, não. O aplauso de um público anônimo foi a única satisfação que tive em todos aqueles anos. Com o tempo, comecei a precisar dele como do ar que respiro.

"Viajávamos com frequência. Meu sucesso em Viena chegou aos ouvidos dos empresários de Paris, Milão e Madri. Sergei e Tatiana estavam sempre comigo. É claro que nunca vi um centavo da arrecadação de todos aqueles concertos, nem sei o que faziam com o dinheiro. Sergei estava sempre cheio de dívidas e credores. A culpa, acusava ele amargamente, era toda minha. Gastava tudo para me manter e cuidar de mim. Mas eu era incapaz de agradecer o que ele e Tatiana tinham feito por mim. Sergei me ensinou a me ver como uma menininha suja, preguiçosa e estúpida. Uma pobre infeliz que nunca conseguiria fazer nada que valesse a pena, que nunca seria amada e respeitada por ninguém. Mas isso não tinha importância porque, sussurrava Sergei em meu ouvido com seu hálito de aguardente, Tatiana e ele sempre estariam ali para cuidar de mim e me proteger do mundo.

"No dia em que completei 16 anos, descobri que tinha ódio de mim mesma e mal conseguia suportar minha imagem no espelho. Parei de comer. Meu corpo me causava nojo e tentava ocultá-lo sob roupas sujas e esfarrapadas. Um dia, encontrei uma velha lâmina de barbear no lixo e adquiri o hábito de me cortar nas mãos e nos braços. Para me castigar. Tatiana curava as feridas em silêncio, todas as noites. Dois anos depois, em Veneza, um conde me viu atuar e me pediu em casamento. Naquela mesma noite, ao tomar conhecimento do pedido, Sergei me deu uma surra brutal. Partiu meus lábios a socos e quebrou duas costelas. Tatiana e a polícia tiveram de contê-lo. Saí de Veneza numa ambulância. Voltamos a Viena, mas os problemas financeiros de Sergei eram cada vez mais prementes. Recebemos ameaças. Uma noite, alguns desconhecidos atearam fogo à casa enquanto dormíamos. Semanas antes, Sergei tinha recebido uma oferta de um empresário de Madri, para quem eu tinha trabalhado tempos atrás, com grande sucesso. Daniel Mestres era o seu nome, era sócio majoritário do velho Gran Teatro Real de Barcelona e queria estrear a temporada comigo. Foi assim que, praticamente fugindo no meio da madrugada, fizemos as malas e fomos para Barcelona com um contrato. Estava para completar 19 anos e pedia aos céus que nunca chegasse aos 20. Fazia tempo que desejava deixar a vida. Nada me ligava a esse mundo. Estava morta havia tempos, mas só agora me dava conta. Foi aí que conheci Mijail Kolvenik...

"Já me apresentava no Teatro Real há algumas semanas. Na companhia, todos murmuravam que um certo cavalheiro comparecia todas as noites, no mesmo camarote, para me ouvir cantar. Naquela época, circulava em Barcelona todo tipo de história sobre Mijail Kolvenik: como construíra sua fortuna, sua vida pessoal e sua identidade, cheia de mistérios e enigmas... Sua lenda o precedia. Certa noite, curiosa com aquele estranho personagem, resolvi lhe mandar um convite para que viesse ao meu camarim depois do espetáculo. Era quase meia-noite quando Mijail Kolvenik bateu em minha porta. Depois de tanto falatório, eu esperava um sujeito ameaçador e arrogante. Minha primeira impressão, no entanto, foi que se tratava de um homem tímido e reservado.

Estava vestido com simplicidade, com roupas escuras e sem nenhum enfeite além do pequeno broche que brilhava na sua lapela: uma borboleta com asas abertas. Agradeceu pelo convite e manifestou sua admiração, afirmando que era uma honra me conhecer. Respondi que, diante de tudo o que tinha ouvido a respeito dele, a honra era toda minha. Sorriu e sugeriu que esquecesse os boatos. Mijail tinha o sorriso mais bonito que conheci. Quando sorria, parecia que algo brotava de seus lábios. Alguém disse uma vez que, se realmente quisesse, Mijail Kolvenik seria capaz de convencer Cristóvão Colombo de que a terra era plana como um mapa; e tinha razão. Naquela noite, ele me convenceu a dar um passeio com ele pelas ruas de Barcelona. Explicou que costumava percorrer a cidade adormecida depois da meia-noite. Eu, que quase não saía daquele teatro desde que tínhamos chegado à cidade, concordei. Sabia que Sergei e Tatiana ficariam furiosos, mas pouco me importava. Saímos escondidos pela porta do palco. Mijail me deu o braço e caminhamos até o amanhecer. Ele me mostrou uma cidade fascinante através de seus olhos. Falou de seus mistérios, seus recantos encantados e do espírito que vivia naquelas ruas. Contou mil e uma lendas. Percorremos os caminhos secretos do Bairro Gótico e da cidade velha. Mijail parecia conhecer tudo. Sabia quem tinha vivido em cada edifício, que crimes ou romances tinham acontecido por trás de cada parede e cada janela. Conhecia os nomes de todos os arquitetos, artesãos e os mil nomes invisíveis que tinham construído aqueles cenários. Enquanto falava, tive a impressão de que Mijail nunca tinha compartilhado aquelas histórias com ninguém. A solidão que emanava de sua pessoa me comoveu, mas, ao mesmo tempo, tinha a impressão de que havia um abismo dentro dele sobre o qual era melhor não se debruçar. O sol nascente nos surpreendeu num banco do porto. Examinei aquele desconhecido com o qual perambulei pelas ruas por horas e tive a impressão de que o conhecia desde sempre. Disse isso a ele. Ele riu e naquele instante, com aquela estranha certeza que só se tem um par de vezes na vida, soube que ia passar o resto da minha vida ao seu lado.

"Naquela noite, Mijail disse que a vida concede a cada um de nós apenas alguns raros momentos de pura felicidade. Às vezes são apenas dias ou semanas. Às vezes anos. Tudo depende da sorte de cada um. A lembrança desses momentos nos acompanha para sempre e se transforma num país da memória ao qual tentamos regressar pelo resto de nossas vidas, sem conseguir. Para mim, tais instantes estão enterrados para sempre naquela primeira noite, passeando pela cidade...

"A reação de Sergei e Tatiana não se fez esperar. Especialmente a de Sergei. Proibiu-me de ver ou falar com Mijail. Disse que, caso voltasse a sair daquele teatro sem sua permissão, ele me mataria. Pela primeira vez em minha vida, descobri que não tinha mais medo dele, apenas desprezo. Para deixá-lo ainda mais enfurecido, contei que Mijail tinha me pedido em casamento e que eu tinha dito sim. Ele recordou que era meu tutor legal e que não só não ia autorizar esse casamento, como também ia partir comigo para Lisboa. Mandei uma mensagem desesperada para Mijail através de uma bailarina da companhia. Na mesma noite, antes do espetáculo, Mijail apareceu no teatro com seus advogados para ter uma conversa com Sergei. Mijail anunciou que tinha assinado um contrato com o empresário do Teatro Real naquela mesma tarde e que, portanto, era o novo proprietário. E que a partir daquele instante, ele e Tatiana estavam dispensados.

"Mostrou um dossiê com documentos e provas das atividades ilegais de Sergei em Viena, Varsóvia e Barcelona. Material mais do que suficiente para colocá-lo atrás das grades por 15 ou vinte anos. Ao dossiê, acrescentou um cheque com uma quantia superior a tudo que Sergei poderia obter com suas trapaças e mesquinharias para o resto de sua existência. A alternativa era a seguinte: se ele e Tatiana abandonassem Barcelona para sempre num prazo de 48 horas e se comprometessem a não tentar entrar em contato comigo de forma alguma, poderiam levar tanto o dossiê quanto o cheque; caso se negassem a cooperar, o dossiê iria para as mãos da polícia, acompanhado do cheque, como um pequeno estímulo para engraxar a máquina da justiça. Sergei enlouqueceu de ódio. Gritou como um louco que nunca ia se separar de mim, que teria de passar por cima de seu cadáver se pretendia levar aquilo a cabo.

"Mijail sorriu e se despediu dele. Naquela noite Tatiana e Sergei foram se encontrar com um sujeito estranho que se oferecia como assassino de aluguel. Ao sair de lá, alguns disparos anônimos vindos de uma carruagem quase acabaram com os dois. Os jornais publicaram a notícia levantando várias hipóteses para justificar o ataque. No dia seguinte, Sergei aceitou o cheque de Mijail e desapareceu da cidade com Tatiana, sem se despedir...

"Quando soube do ocorrido, exigi que Mijail me dissesse se fora responsável pelo ataque. Desejava desesperadamente que negasse. Ele olhou para mim fixamente e perguntou por que estava duvidando dele. Eu me senti morrer. Todo aquele castelo de cartas de felicidade e esperança estava prestes a desmoronar. Perguntei de novo. Mijail disse que não. Não era responsável pelo ataque.

"— Se fosse, nenhum dos dois estaria vivo — completou friamente.

"Nessa época, contratou um dos melhores arquitetos da cidade para que construísse a torre ao lado do parque Güell, segundo suas indicações. Os custos nunca entraram em discussão. Enquanto a torre estava sendo construída, Mijail alugou um andar inteiro do velho Hotel Colón na Plaza Cataluña. Foi onde nos instalamos temporariamente. Pela primeira vez na minha vida, descobri que se podia ter tantos empregados que era impossível lembrar o nome de todos eles. Mijail só tinha um ajudante, Luis, seu motorista.

"Os joalheiros de Bagués vinham me visitar em meus aposentos. Os melhores modistas tiravam minhas medidas para criar um guarda-roupa de imperatriz. Ele abriu uma conta sem limite de gastos no meu nome nos melhores estabelecimentos de Barcelona. Pessoas que eu nunca tinha visto me cumprimentavam com reverências nas ruas ou no hall do hotel. Recebia convites para bailes e gala nos palácios de famíias cujos nomes nunca tinha ouvido, a não ser nas colunas sociais. E eu só tinha 20 anos. Nunca tivera dinheiro bastante para comprar uma passagem de bonde. Sonhava acordada. Comecei a me sentir constrangida com tanto luxo e com o desperdício ao meu redor. Quando falava com Mijail, ele respondia que o dihheiro não tem importância, a menos que falte.

"Passávamos os dias juntos, passeando pela cidade, no cassino do Tibidabo, embora nunca tenha visto Mijail jogar uma única moedinha, no Liceo... Ao entardecer voltávamos ao Hotel Colón e Mijail ia para seus aposentos. Comecei a perceber que Mijail saía muitas vezes de madrugada e não voltava antes do amanhecer. Segundo ele, tinha assuntos de trabalho a resolver.

"Mas os rumores aumentavam. Senti que ia me casar com um homem que todos pareciam conhecer melhor do que eu. Ouvia as empregadas falarem pelas minhas costas. Via as pessoas me examinando de cima a baixo por trás dos sorrisos hipócritas nas ruas. Lentamente, fui me transformando numa prisioneira de minhas próprias suspeitas. E uma ideia começou a me martirizar. Todo aquele luxo, aquele desperdício de dinheiro a meu redor fazia com que me sentisse apenas mais uma peça da mobília, apenas um novo capricho de Mijail. Ele podia comprar tudo: o Teatro Real, Sergei, automóveis, joias, palácios. E eu. Ardia de ansiedade ao vê-lo partir toda noite, de madrugada, convencido que ia se jogar nos braços de outra mulher. Uma noite, finalmente, resolvi segui-lo e dar um basta naquele mistério.

"Seus passos me guiaram até a velha oficina da Velo-Granell, ao lado do mercado do Borne. Mijail tinha ido sozinho. Tive de me enfiar por uma minúscula janela que dava para uma viela. O interior da fábrica parecia um cenário de pesadelo. Centenas de pés, mãos, braços, pernas, olhos de vidro flutuavam nas salas... peças de reposição para uma humanidade mutilada e miserável. Percorri aquele lugar até chegar a uma grande sala às escuras, ocupada por enormes tanques de vidro, em cujo interior flutuavam silhuetas indefinidas. No centro da sala, na penumbra, Mijail me observava sentado numa cadeira, fumando um charuto.

"— Não devia ter me seguido — disse, sem ódio na voz.

Argumentei que não podia me casar com um homem de quem só tinha visto a metade, um homem de quem só conhecia os dias, nunca as noites.

"— Talvez não goste do que vai descobrir — insinuou ele.

"Disse que não me importava o que ou o como. Não me importava o que fazia ou saber se os boatos a seu respeito eram verdadeiros. Só queria fazer parte de sua vida por completo. Sem sombras. Sem segredos. Ele concordou e adivinhei o que aquilo representava: atravessar uma fronteira sem volta. Quando Mijail acendeu as luzes da sala, despertei do sonho daquelas semanas. Eu estava no inferno.

"Os tanques de formol continham cadáveres que giravam num balé macabro. Sobre uma mesa metálica, o corpo nu de uma mulher dissecada desde o ventre até a garganta. Os braços estavam estendidos em cruz e percebi que as articulações de seus braços e mãos eram peças de madeira e metal. Alguns tubos desciam por sua garganta e cabos de bronze mergulhavam nas extremidades e nos quadris. A pele era transparente, azulada como a de um peixe. Olhei para Mijail, completamente sem fala, enquanto ele se aproximava do corpo, contemplando-o com tristeza.

"— É isso que a natureza faz com seus filhos. Não há mal no coração dos homens, mas uma simples luta para sobreviver ao inevitável. Não existe demônio maior do que a mãe natureza... Meu trabalho, todo o meu esforço, nada mais é do que uma tentativa de enganar o grande sacrilégio da criação...

"Vi ele pegar uma seringa, enchendo-a com um líquido esmeralda que guardava num frasco. Nossos olhos se encontraram brevemente e, então, Mijail enfiou a agulha no crânio do cadáver. Esvaziou o conteúdo. Retirou e permaneceu imóvel um instante, observando o corpo inerte. Alguns segundos mais tarde senti meu sangue gelar. As pestanas de uma das pálpebras estremeceram. Ouvi o som das engrenagens das articulações de madeira e metal. Os dedos esvoaçaram. De repente, o corpo da mulher se ergueu num espasmo violento. Um berro animal inundou a sala, ensurdecedor. Fios de espuma branca desciam dos lábios negros, inchados. A mulher se soltou dos cabos que perfuravam sua pele e caiu no chão como uma marionete quebrada. Uivava como um lobo ferido. Ela levantou o rosto e cravou os olhos em mim. Não tive forças para afastar os olhos do horror que li nos dela. Seu olhar emanava uma força animalesca arrepiante. Queria viver.

"Fiquei paralisada. Em poucos segundos, o corpo caiu inerte, novamente sem vida. Mijail, que assistia impassível, pegou um lençol e cobriu o cadáver.

"Aproximou-se de mim e pegou minhas mãos trêmulas. Olhou para mim como se quisesse ver em meus olhos se eu seria capaz de continuar a seu lado depois do que tinha presenciado. Quis encontrar palavras para expressar meu pavor, para dizer o quanto ele estava equivocado... Só consegui pedir gaguejando que me tirasse dali. Ele obedeceu. Voltamos ao Hotel Colón. Ele me acompanhou até meu quarto, mandou que trouxessem um caldo quente e trocou minha roupa enquanto eu bebia.

"— A mulher que você viu essa noite morreu há seis semanas atropelada por um bonde. Saltou sob as rodas para salvar uma criança que estava brincando nos trilhos e não conseguiu evitar o impacto. As rodas amputaram seus braços na altura dos cotovelos. Morreu na rua. Ninguém sabe seu nome. Ninguém reclamou seu corpo. Existem dezenas iguais a ela. A cada dia...

"— Mijail, você não entende... Não pode fazer o trabalho de Deus...

"Ele acariciou minha testa e sorriu tristemente, concordando.

"— Boa noite — disse.

"Caminhou até a porta, mas parou antes de sair.

"— Se não estiver aqui amanhã — disse — eu vou entender.

"Duas semanas mais tarde, nos casamos na catedral de Barcelona."

23

"Mijail queria que fosse um dia muito especial para mim. Transformou a cidade inteira num cenário de conto de fadas. Meu reinado como imperatriz daquele mundo de sonho acabou para sempre nos degraus da avenida da catedral. Nem cheguei a ouvir os gritos da multidão. Como um animal selvagem que salta da mata, Sergei emergiu do meio do povo e jogou um vidro de ácido em meu rosto. O ácido devorou minha pele, minhas pálpebras e minhas mãos. Rasgou minha garganta e cortou minha voz. Só voltei a falar dois anos depois, quando Mijail me reconstruiu como uma boneca quebrada. Foi o começo do horror.

"As obras da nova casa pararam e nos instalamos no palácio inacabado. Fizemos dele uma prisão erguida no alto da colina. Era um lugar frio e escuro. Um amontoado de torres e arcos, de abóbodas e escadas em caracol que subiam para lugar nenhum. Eu vivia trancada num quarto no alto da torre. Ninguém tinha acesso a mim a não ser Mijail e, às vezes, o dr. Shelley. Passei o primeiro ano mergulhada na letargia da morfina, presa dentro de um longo pesadelo. Em sonhos, acreditava que Mijail estava experimentando em mim o que fazia antes com aqueles corpos abandonados em hospitais e depósitos. Reconstruindo-me e tentando suplantar a natureza. Quando recobrei os sentidos, comprovei que meus sonhos eram reais. Ele me devolveu a voz. Refez minha garganta e minha boca para que pudesse me alimentar e falar. Alterou minhas terminações nervosas para que não sentisse a dor das feridas que o ácido fez em meu corpo. Sim, eu enganei a morte, mas passei a ser mais uma das criaturas malditas de Mijail Kolvenik.

"Por outro lado, Mijail tinha perdido sua influência na cidade. Ninguém mais o apoiava. Seus antigos aliados lhe davam as costas, abandonando-o. A polícia e autoridades judiciárias começaram sua perseguição. Seu sócio, Sentís, era um avarento, mesquinho e invejoso. Ele forjou informações falsas para implicar Mijail em mil assuntos dos quais ele nunca teve nem conhecimento. Queria afastá-lo do controle da empresa. E era só mais um no bando. Todos ansiavam para vê-lo cair de seu pedestal para devorar os restos. O exército de hipócritas e aduladores se transformou numa horda de hienas famintas. Nada disso surpreendeu Mijail. Desde o início, ele só confiava em seu amigo Shelley e em Luis Claret. 'A mesquinhez dos homens' — costumava dizer — 'é um pavio em busca da chama'. Mas aquela traição rompeu finalmente o elo frágil que ainda o ligava ao mundo exterior. Ele se refugiou em seu próprio labirinto de solidão. Desenvolveu o hábito de criar em seu sótão dezenas de exemplares de um inseto que o obcecava, uma borboleta negra conhecida como Teufel. Logo as borboletas povoavam toda a torre. Pousavam em espelhos, quadros, móveis, como sentinelas silenciosas. Mijail proibiu que os criados as matassem, afugentassem ou mesmo se atrevessem a se aproximar delas. Um enxame de insetos de asas negras voava pelos corredores e salões. Às vezes, pousavam em Mijail, cobrindo-o totalmente, e ele ficava imóvel. Quando o via assim, tinha medo de perdê-lo para sempre.

"Foi nessa época que a minha amizade com Luis Claret, que dura até hoje, teve início. Era ele que me mantinha informada do que ocorria além dos muros daquela fortaleza. Mijail tinha contado histórias falsas a respeito do Teatro Real e de minha volta aos palcos. Falava de reparar o dano que o ácido tinha causado, de cantar com uma voz que já não me pertencia... delírios. Luis me explicou que as obras do Teatro Real tinham sido interrompidas. Os fundos tinham se esgotado havia meses. O edifício era uma imensa caverna inútil... A serenidade que Mijail ostentava era uma simples fachada. Passava semanas e meses sem sair de casa. Dias inteiros encerrado em seu gabinete, sem comer nem dormir. Joan Shelley, segundo ele mesmo confessou mais tarde, temia por sua saúde e sua lucidez. Conhecia Kolvenik melhor do que ninguém e, desde o começo, ajudou-o em seus experimentos. Foi ele quem me falou claramente sobre a obsessão de Mijail por doenças degenerativas e as tentativas desesperadas de encontrar os mecanismos com os quais a natureza deformava e atrofiava os corpos. Sempre viu neles uma força, uma ordem e uma vontade que vai além de qualquer razão. A seus olhos, a natureza era uma besta que devorava suas próprias criaturas, sem se importar com o destino e a sorte dos seres que abrigava. Colecionava fotografias de estranhos casos de atrofia e de fenômenos médicos. Esperava encontrar sua resposta naqueles seres humanos: como enganar seus próprios demônios.

"Foi então que os primeiros sintomas do mal se tornaram visíveis. Mijail sabia que carregava aquele mal dentro de si, esperando pacientemente como um mecanismo de relojoaria. Soube desde sempre, desde que viu o irmão morrer em Praga. Seu corpo começava a se autodestruir. Seus ossos se desfaziam. Mijail cobria as mãos com luvas. Ocultava o rosto e o corpo. Evitava minha companhia. Eu fingia que não percebia, mas era evidente: sua silhueta estava se transformando. Num dia de inverno, seus gritos me despertaram ao amanhecer. Mijail estava dispensando a criadagem aos gritos. Ninguém resistiu, pois todos tinham começado a temê-lo nos últimos meses. Só Luis se negou a nos abandonar. Chorando de raiva, Mijail destruiu todos os espelhos e correu para se trancar em seu quarto.

"Certa noite, pedi a Luis que fosse buscar o dr. Shelley. Mijail não respondia aos meus chamados havia duas semanas, mas podia ouvi-lo soluçar e falar sozinho do outro lado da porta do gabinete. Não sabia mais o que fazer. Acreditava que estava perdendo meu marido. Com a ajuda de Shelley e Luis, derrubamos a porta e conseguimos tirá-lo de lá. Vimos com horror que Mijail tinha operado a própria mão esquerda, que estava se transformando numa garra grotesca e imprestável. Shelley administrou-lhe um sedativo e velamos seu sono até o amanhecer. Naquela longa noite, desesperado diante da agonia do velho amigo, Shelley desabafou e quebrou a promessa de nunca revelar a história que Mijail tinha lhe contado anos atrás. Ao ouvir suas palavras, compreendi que a polícia e o inspetor Florián sequer desconfiaram de que estavam perseguindo um fantasma. Mijail nunca foi um criminoso, nem um vigarista. Mijail foi simplesmente um homem que acreditava que seu destino era enganar a morte antes que ela o enganasse."

"Mijail Kolvenik nasceu nos túneis dos esgotos de Praga no último dia do século XIX.

"Sua mãe era uma criada de apenas 17 anos que trabalhava num palácio da alta nobreza. Sua beleza e ingenuidade a transformaram na favorita de seu patrão. Quando ficou claro que estava grávida, foi expulsa como um cão sarnento para as ruas cobertas de neve e sujeira. Marcada para sempre. Naqueles anos, o inverno cobria as ruas com um manto de mortes. Corria o boato de que os despossuídos procuravam abrigo nos velhos túneis dos esgotos. A lenda local falava de uma autêntica cidade de trevas sob as ruas de Praga, na qual milhares de deserdados passavam a vida sem voltar a ver a luz do sol. Mendigos, enfermos, órfãos e fugitivos. Entre eles se estendia o culto a um personagem enigmático que era chamado de Príncipe dos Mendigos. Diziam que não tinha idade, que seu rosto era o de um anjo e que seu olhar era de fogo. Que vivia envolto num manto de borboletas negras que cobria seu corpo e que recebia em seu reino todos aqueles a quem a crueldade do mundo tinha negado uma chance de sobreviver na superfície. Em busca daquele mundo de sombras, a jovem penetrou nos subterrâneos para tentar sobreviver. E logo descobriu que a lenda era verdadeira. O povo dos esgotos vivia nas trevas e formava seu próprio mundo, tinha suas próprias leis e seu próprio Deus: o Príncipe dos Mendigos. Ele não tinha sido visto por ninguém, mas todos acreditavam nele e deixavam oferendas em sua honra. Todos marcavam na pele o símbolo da borboleta negra com ferro em brasa. A profecia dizia que, um dia, um messias enviado pelo Príncipe dos Mendigos chegaria aos túneis e daria a vida para redimir o sofrimento de seus habitantes. A perdição desse messias viria de suas próprias mãos.

"Foi ali que a jovem mãe deu à luz dois gêmeos: Andrej e Mijail. Andrej chegou ao mundo marcado por uma terrível doença. Seus ossos não se solidificavam e o corpo crescia sem forma nem estrutura. Um dos habitantes dos túneis, um médico perseguido pela justiça, explicou que se tratava de uma doença incurável. O fim era somente uma questão de tempo. Mas o irmão, Mijail, era um menino de inteligência viva e caráter retraído que sonhava em abandonar os túneis um dia e viver no mundo da superfície. Muitas vezes, fantasiava com a ideia de que talvez o messias tão esperado fosse ele. Nunca soube quem era seu pai, de modo que adotou como pai o Príncipe dos Mendigos e achava que podia ouvi-lo em sonhos. Nele não se viam sinais aparentes do mal terrível que acabaria com a vida do irmão. Efetivamente, Andrej morreu aos 7 anos sem nunca ter saído dos esgotos. Quando o irmão gêmeo morreu, seu corpo foi entregue às correntes subterrâneas, seguindo o ritual do povo dos esgotos. Mijail perguntou à mãe por que uma coisa daquelas acontecia.

"— É a vontade de Deus, Mijail — respondeu a mãe.

"Mijail jamais esqueceria aquelas palavras. A morte do pequeno Andrej foi um golpe que a mãe nunca conseguiu superar. No inverno seguinte, contraiu uma pneumonia. Mijail ficou a seu lado até o último momento, segurando sua mãe trêmula. Tinha 26 anos e o rosto de uma velha.

"— Essa é a vontade de Deus, mãe? — perguntou Mijail àquele corpo sem vida.

"Nunca obteve resposta. Dias depois, o jovem Mijail saiu para a superfície. Nada mais o prendia ao mundo subterrâneo. Morto de fome e frio, procurou refúgio num portal. O acaso fez com que um médico que voltava de uma consulta, Antonin Kolvenik, o encontrasse ali. O médico recolheu o menino, levando-o para uma taberna, onde lhe deu comida quente.

"— Como se chama, meu jovem?

"— Mijail, senhor.

"Antonin Kolvenik empalideceu.

"— Tive um filho que tinha o mesmo nome. Ele morreu. Onde está sua famíia?

"— Não tenho família.

"— Onde está sua mãe?

"— Deus a levou.

"O médico balançou a cabeça gravemente. Pegou sua maleta e tirou um aparelho que deixou Mijail boquiaberto. Entreviu outros instrumentos no interior da maleta. Reluzentes. Prodigiosos.

"O médico colocou uma ponta do estranho objeto sobre seu peito e enfiou as outras duas nos ouvidos.

"— O que é isso?

"— Serve para ouvir o que dizem os seus pulmões... Respire fundo.

"— O senhor é mágico? — perguntou Mijail, espantado.

"O médico sorriu.

"— Não, não sou mágico. Só um médico.

"— Qual é a diferença?

"Antonin Kolvenik tinha perdido a esposa e o filho numa epidemia de cólera, anos atrás. Agora vivia sozinho, mantinha uma modesta clínica de cirurgia e uma paixão pela obra de Richard Wagner. Examinou aquele menino esfarrapado com curiosidade e compaixão. Mijail exibiu o sorriso que oferecia o que ele tinha de melhor.

"O dr. Kolvenik resolveu tomá-lo sob sua proteção e levá-lo para viver em sua casa. Ele passou dez anos nessa casa. Do bom doutor recebeu educação, um lar e um nome. Mijail era só um adolescente quando começou a auxiliar o pai adotivo em suas operações e a aprender os mistérios do corpo humano. A misteriosa vontade de Deus se manifestava através daquelas complexas armações de carne e osso, animadas por uma centelha de incompreensível magia. Mijail absorvia aqueles ensinamentos avidamente, com a certeza de que havia naquela ciência uma mensagem esperando para ser descoberta.

"Ainda não tinha completado 20 anos quando a morte voltou a visitá-lo. A saúde do velho médico se enfraquecia havia tempos. Um ataque cardíaco destroçou a metade de seu coração na véspera do Natal, enquanto planejavam uma viagem para que Mijail conhecesse o sul da Europa. Antonin Kolvenik estava morrendo. Mijail jurou que a morte não conseguiria arrebatá-lo.

"— Meu coração está cansado, Mijail — dizia o velho médico. — Chegou a hora de ir ao encontro da minha Frida e do meu outro Mijail...

"— Vou lhe dar outro coração, pai.

"O médico sorriu. Aquele estranho jovem e suas ideias extravagantes... A única razão que o fazia temer ir embora desse mundo era deixá-lo sozinho e desvalido. Mijail não tinha outros amigos além dos livros. O que seria dele?

"— Já me deu dez anos de companhia, Mijail — disse ele. — Agora precisa pensar em si, em seu futuro.

"— Não vou deixá-lo morrer, pai.

"— Mijail, lembra aquele dia em que perguntou qual era a diferença entre um médico e um mágico? Pois bem, Mijail, a magia não existe. Nosso corpo começa a se destruir desde que nasce. Somos frágeis. Criaturas passageiras. Tudo o que resta de nós são as nossas ações, o bem e o mal que fazemos a nossos semelhantes. Entende o que quero dizer, Mijail?

"Dez dias depois, a polícia encontrou Mijail coberto de sangue, chorando junto ao cadáver do homem que havia aprendido a chamar de pai. Os vizinhos tinham chamado a polícia ao sentir um cheiro estranho e ouvir os lamentos do jovem. O relatório policial concluiu que, perturbado pela morte do médico, Mijail abriu seu peito tentando reconstruir seu coração através de um mecanismo de válvulas e engrenagens. Mijail foi internado no hospital psiquiátrico de Praga, de onde fugiu dois anos depois, passando por morto. Quando as autoridades chegaram no necrotério para pegar seu corpo, encontraram apenas um lençol branco e um bando de borboletas voando a seu redor.

"Mijail chegou a Barcelona carregando as sementes de sua loucura e do mal que se manifestaria anos depois. Demonstrava pouco interesse pelas coisas materiais e pela companhia das pessoas. Nunca se orgulhou da fortuna que acumulou. Costumava dizer que ninguém merece ter nem um centavo além do que está disposto a dar para quem precisa mais do que ele. Na noite em que o conheci, Mijail me disse que, por alguma razão, a vida costuma nos oferecer exatamente aquilo que não buscamos. Para ele, a vida trouxe fortuna, fama e poder. Sua alma só ansiava por paz de espírito para poder afastar as sombras que abrigava no coração..."

"Nos meses que se seguiram ao incidente no gabinete, Shelley, Luis e eu nos unimos para manter Mijail afastado de suas obsessões, distraindo-o. Não era uma tarefa fácil. Mijail sempre sabia quando estávamos mentindo, embora não dissesse nada. Seguia o caminho que indicávamos, fingindo docilidade e mostrando resignação com relação à doença... No entanto, quando o encarava nos olhos, podia ver a escuridão que estava inundando sua alma. Tinha deixado de confiar em nós. As condições de miséria em que vivíamos pioraram. Os bancos embargaram nossas contas e os bens da Velo-Granell foram confiscados pelo governo. Sentís, que pensava que suas artimanhas iam transformá-lo no dono absoluto da empresa, estava arruinado. Tudo o que conseguiu foi o antigo apartamento de Mijail, na calle Princesa. Nós só conservamos as propriedades que Mijail tinha posto em meu nome: o Gran Teatro Real, esse túmulo imprestável onde acabei me refugiando, e uma estufa junto à ferrovia de Sarriá, que, no passado, Mijail usava como laboratório para suas experiências particulares.

"Para comer, Luis se encarregou de vender minhas joias e meus vestidos a quem fizesse a melhor oferta. Meu enxoval de casamento, que nunca cheguei a usar, se transformou em nosso meio de vida. Mijail e eu mal nos falávamos. Ele vagava pela mansão como um fantasma, cada dia mais deformado. Suas mãos já não conseguiam sustentar um simples livro. Seus olhos liam com dificuldade. Mas já não chorava mais. Ele agora simplesmente ria. Seu riso amargo no meio da noite gelava o sangue em minhas veias. Mesmo com as mãos atrofiadas, preenchia com letra ilegível páginas e mais páginas de um caderno cujo conteúdo desconhecíamos. Quando o dr. Shelley aparecia para uma visita, Mijail se trancava em seu gabinete e se negava a sair enquanto o velho amigo não fosse embora. Confessei a Shelley o meu temor de que Mijail estivesse pensando em acabar com a própria vida. Shelley comentou que temia algo ainda pior. Não consegui ou não quis entender o que ele queria dizer com isso.

"Outra ideia maluca rondava minha cabeça havia algum tempo. Acreditava que era uma forma de salvar Mijail e o nosso casamento. Resolvi ter um filho. Estava convencida de que, se conseguisse lhe dar um filho, Mijail descobriria nele um motivo para continuar vivendo e para ficar a meu lado e me deixei levar por aquela ilusão. Todo o meu corpo ardia em ânsias de conceber aquela criatura de salvação e esperança. Sonhava com a ideia de criar um pequeno Mijail, puro e inocente. Meu coração ansiava por ter uma outra versão do pai, livre de todo o mal. Mas não podia deixar que Mijail desconfiasse do que tramava ou ele se negaria completamente. Encontrar um jeito de ficar a sós com ele já ia me dar muito trabalho. Como disse, Mijail fugia de mim havia algum tempo. Ele se sentia incomodado em minha presença, por causa da doença, que estava começando a afetar também a fala. Balbuciava, cheio de raiva e vergonha. Só conseguia ingerir líquidos. Meus esforços para mostrar que seu estado não me causava repulsa, que ninguém melhor do que eu poderia compartilhar e entender seu sofrimento, pareciam piorar a situação. Mas tive paciência e, por uma vez na vida, pensei que tinha conseguido enganar Mijail. E esse foi o pior de todos os meus erros.

"Quando anunciei a Mijail que íamos ter um filho, sua reação me deixou aterrorizada. Desapareceu por quase um mês. Luis foi encontrá-lo na velha estufa de Sarriá, várias semanas depois, sem sentidos. Trabalhou sem descanso por todo aquele tempo, reconstruindo sua garganta e sua boca. Sua aparência era monstruosa. Tinha criado uma voz profunda, metálica e maléfica. Suas mandíbulas estavam marcadas por presas de metal. Todo o rosto era irreconhecível, com exceção dos olhos. Sob aquele horror, a alma do Mijail que eu amava ainda continuava a queimar em seu próprio inferno. Junto a seu corpo, Luis encontrou uma série de mecanismos e centenas de projetos. Pedi a Shelley que desse uma olhada neles enquanto Mijail se recuperava num longo sono do qual só despertou três dias depois. As conclusões do médico foram aterrorizantes. Mijail tinha perdido completamente o juízo. Planejava reconstruir seu corpo completamente antes que a enfermidade o consumisse totalmente. Resolvemos trancá-lo no alto da torre, numa cela inexpugnável. Trouxe nossa filha ao mundo ouvindo os gritos selvagens de meu marido, preso como um animal. Não vivi nem um dia com ela. O dr. Shelley ficou com ela e jurou criá-la como se fosse sua própria filha. Ia se chamar María e, assim como eu, nunca conheceria sua verdadeira mãe. O pouco de vida que ainda me restava no coração foi embora com ela, mas eu sabia que não tinha escolha. A tragédia iminente já flutuava no ar. Podia senti-la como um veneno. Só o que podia fazer era esperar. Como sempre, o golpe final veio de onde menos esperávamos."

"Benjamín Sentís, arruinado pela própria inveja e ganância, andava tramando sua vingança. Na época, já havia a suspeita de que ele tinha ajudado Sergei a fugir depois de me atacar na catedral. Como na obscura profecia do povo dos esgotos, as mãos que Mijail tinha lhe dado anos antes só serviram para criar infortúnio e traição. Na última noite de 1948, Benjamín Sentís voltou para dar a punhalada definitiva em Mijail, a quem odiava profundamente.

"Por todos aqueles anos, meus antigos tutores, Sergei e Tatiana, viveram na clandestinidade. E também estavam sedentos de vingança. A hora tinha chegado. Sentís sabia que a brigada de Florián planejava fazer uma busca em nossa casa do parque Güell no dia seguinte, em busca de supostas provas incriminadoras, e que, se essa busca acontecesse, suas mentiras e trapaças seriam descobertas. Pouco antes da meia-noite, Sergei e Tatiana esvaziaram vários galões de gasolina ao redor de nossa casa. Sentís, sempre o covarde que age na sombra, viu as primeiras chamas se erguerem e desapareceu dali em seu carro.

"Quando despertei, a fumaça azul subia pelas escadas. O fogo se espalhou em questão de minutos. Luis veio me pegar e conseguiu salvar nossas vidas saltando da varanda para o telhado das garagens e de lá para o jardim. Quando viramos para olhar a casa, as chamas envolviam totalmente os dois primeiros andares e subiam até a torre, onde Mijail estava preso. Quis correr até lá em meio às chamas para salvá-lo, mas Luis, ignorando meus gritos e meus golpes, segurou-me firme em seus braços. Nesse instante, vimos Sergei e Tatiana. Sergei ria como um demente. Tatiana tremia em silêncio, as mãos cheirando a gasolina. Lembro do que aconteceu depois como se fosse uma visão arrancada de um pesadelo. As chamas tinham engolido o topo da torre. As vidraças explodiram numa chuva de vidro. De repente, uma figura emergiu de dentro do fogo. Tive a visão de um anjo negro precipitando-se sobre as paredes. Era Mijail. Rastejava como uma aranha sobre as paredes, segurando-se com as garras de metal que tinha construído. Deslocava-se a uma velocidade espantosa. Sergei e Tatiana olhavam para ele atônitos, sem entender o que estavam vendo. A sombra se lançou sobre eles e, com uma força sobre-humana, arrastou-os para dentro. Ao vê-los desaparecer naquele inferno, perdi os sentidos.

"Luis me levou para o único refúgio que nos restava, as ruínas do Gran Teatro Real. E esse tem sido o nosso lar desde então. No dia seguinte, os jornais anunciavam a tragédia. Dois corpos tinham sido encontrados abraçados no sótão, carbonizados. A polícia deduziu que éramos eu e Mijail. Só nós sabíamos que na realidade eram Sergei e Tatiana. Nunca encontraram um terceiro corpo. Naquele mesmo dia, Shelley e Luis foram à estufa de Sarriá à procura de Mijail. Não havia sinal dele. A transformação estava quase completa. Shelley recolheu todos os seus papéis, projetos e escritos, para não deixar nenhuma evidência. Estudou-os por semanas, esperando encontrar a chave para encontrar Mijail. Sabíamos que estava escondido em algum lugar da cidade, esperando, finalizando sua transformação. Graças a seus escritos, Shelley tomou conhecimento dos planos de Mijail. Seus diários descreviam um soro desenvolvido depois de anos de trabalho, a partir da essência das borboletas. Era o soro com o qual vi Mijail ressuscitar o cadáver de uma mulher na fábrica da Velo-Granell. Finalmente compreendi seus propósitos. Mijail tinha se retirado para morrer. Precisava se desprender de seu último alento de humanidade para poder atravessar para o outro lado. Como a borboleta negra, seu corpo ia se enterrar para renascer das trevas. E quando retornasse, já não seria mais Mijail Kolvenik. Voltaria como um animal."

* * *

Suas palavras ressoaram com o eco do Gran Teatro.

— Não tivemos notícias de Mijail por vários meses e não conseguimos encontrar seu esconderijo — continuou Eva Irinova. — No fundo, acalentávamos a esperança de que seu plano fracassasse. Estávamos enganados. Um ano depois do incêndio, dois inspetores apareceram na Velo-Granell para investigar uma denúncia anônima. Sentís, é claro. Como não teve notícias de Sergei e Tatiana, acabou suspeitando que Mijail tinha sobrevivido. As instalações da fábrica estavam fechadas e ninguém tinha acesso a elas. Os dois inspetores surpreenderam um intruso no interior. Atiraram, esvaziando os tambores no suspeito, mas...

— Foi por isso que não encontraram nenhuma bala — disse eu, recordando as palavras de Florián. — O corpo de Kolvenik absorveu todos os impactos...

A velha senhora concordou.

— E os corpos dos policiais foram encontrados despedaçados — disse. — Ninguém conseguia explicar o que tinha acontecido. Ninguém a não ser Shelley, Luis e eu. Mijail estava de volta. Nos dias seguintes, todos os membros da antiga direção da Velo-Granell que o traíram foram encontrados mortos em circunstâncias não muito claras. Suspeitávamos que Mijail estava escondido nos esgotos e utilizava os túneis para se deslocar pela cidade. Não era um mundo desconhecido para ele. Mas uma pergunta continuava sem resposta. Por que motivo tinha ido à fábrica? Mais uma vez, seus cadernos de anotações nos deram a resposta: o soro. Precisava do soro para se manter vivo. As reservas da torre tinham sido destruídas e o lote guardado na estufa sem dúvida já tinha acabado. O dr. Shelley subornou um oficial da polícia para entrar na fábrica. E encontramos um armário com os últimos frascos do soro. Em segredo, Shelley conservou um deles. Depois de uma vida inteira lutando contra a doença, a morte e a dor, não era capaz de destruir aquele soro. Precisava estudá-lo, descobrir seus segredos... Depois de analisá-lo, conseguiu sintetizar um composto à base de mercúrio que seria capaz de neutralizar seus efeitos. Impregnou doze balas de prata com esse composto e guardou-as, esperando não ter de usá-las nunca.

Compreendi que eram as balas que Shelley entregara a Luis Claret. E que eu continuava vivo graças a elas.

— E Mijail? — perguntou Marina. — Sem o soro...

— Encontramos seu cadáver na rede de esgoto, sob o Bairro Gótico — disse Eva Irinova. — Ou o que restava dele, pois tinha se transformado num engenho infernal, com o cheiro da carniça apodrecida com a qual tinha se reconstruído...

A velha senhora levantou os olhos para seu velho amigo Luis. O motorista tomou a palavra e completou a história.

— Enterramos o corpo no cemitério de Sarriá, num túmulo sem nome — explicou. — Oficialmente, o sr. Kolvenik tinha morrido um ano antes. E não podíamos revelar a verdade. Se Sentís descobrisse que a senhora continuava viva, não descansaria até destruí-la também. E assim, nós nos condenamos a uma vida secreta aqui neste lugar...

— Por anos, acreditei que Mijail descansava em paz. Visitava seu túmulo no último domingo de cada mês, como no dia em que o conheci, para lembrá-lo de que em breve, muito em breve, estaríamos juntos novamente... Vivíamos num mundo de recordações, mas mesmo assim nos esquecemos de uma coisa fundamental...

— De quê? — perguntei.

— De María, nossa filha.

Marina e eu trocamos um olhar. Lembrei que Shelley tinha jogado a fotografia que lhe mostramos no fogo. A menina que aparecia naquela imagem era María Shelley.

Quando roubamos o álbum da estufa, tiramos de Mijail Kolvenik a única lembrança que tinha da filha que jamais chegou a conhecer.

— Shelley criou María como sua filha, mas ela sempre intuiu que havia algo errado na história que o médico tinha lhe contado, de que sua mãe morrera ao dar à luz... Shelley nunca soube mentir. Com o tempo, María encontrou os velhos cadernos de Mijail no gabinete de Shelley e reconstruiu a história que acabamos de contar. María nasceu com a loucura do pai. Lembro bem que, no dia em que anunciei que estava grávida, Mijail sorriu. Aquele sorriso me encheu de angústia, embora não soubesse dizer por quê. Muitos anos depois, lendo os escritos de Mijail, descobri que a borboleta negra dos esgotos se alimenta de suas próprias crias e que, quando se enterra para morrer, faz isso com o corpo de uma de suas larvas, que devora ao ressuscitar... Quando vocês descobriram a estufa depois de me seguir desde o cemitério, María finalmente encontrou o que estava procurando há anos. O frasco de soro que Shelley tinha escondido... E trinta anos depois, Mijail voltou da morte. Tem se alimentado dela desde então, refazendo-se de novo com pedaços de outros corpos, adquirindo força e criando outros seres iguais a ele...

Engoli em seco e lembrei do que tinha visto na noite anterior nos túneis.

— Quando compreendi o que estava acontecendo — continuou a dama — quis avisar Sentís que ele seria o próximo. Para não revelar minha identidade, usei você, Óscar, com aquele cartão. Pensei que quando o visse e ouvisse o pouco que vocês sabiam, o medo o faria reagir e se proteger. Mais uma vez, subestimei a mesquinhez do velho... Ele quis ir ao encontro de Mijail para destruí-lo. E arrastou Florián atrás dele... Luis foi ao cemitério de Sarriá e verificou que o túmulo estava vazio. No início, suspeitamos que Shelley também tinha nos traído. Pensamos que era ele quem visitava a estufa, construindo novas criaturas... Talvez não quisesse morrer sem compreender os mistérios que Mijail deixou sem explicação... Nunca tivemos certeza a esse respeito. Quando compreendemos que ele estava protegendo María, era tarde demais... E agora, Mijail virá atrás de nós.

— Por quê? — perguntou Marina. — Por que Kolvenik voltaria a esse lugar?

Em silêncio, a dama abriu os botões superiores de seu vestido e retirou a corrente com a medalha. A corrente sustentava um frasco de vidro em cujo interior reluzia um líquido cor de esmeralda.

— Por isso — disse ela.

24

Estava contemplando o frasco contra a luz quando ouvi o rumor. Marina também tinha ouvido. Alguma coisa se arrastava sobre a cúpula do teatro.

— Chegaram — disse Luis Claret na porta, com uma voz sombria.

Sem demonstrar surpresa, Eva Irinova voltou a guardar o soro. Vi Luis Claret sacar o revólver e verificar o tambor. As balas de prata que Shelley tinha lhe dado brilhavam lá dentro.

— Precisam ir embora agora — ordenou Eva Irinova. — Já conhecem a verdade. Aprendam a esquecê-la.

O véu escondia seu rosto e sua voz mecânica carecia de expressão. Era impossível descobrir a intenção de suas palavras.

— Seu segredo está a salvo conosco — disse eu, de todo modo.

— A verdade está sempre a salvo das pessoas — replicou Eva Irinova. — Agora vão.

Claret pediu que o seguíssemos e abandonássemos o camarim. A luz projetava um retângulo de luz prateada sobre o palco através da cúpula cristalina. Em cima dele, recortadas como sombras dançantes, viam-se as silhuetas de Mijail Kolvenik e suas criaturas. Levantei os olhos e contei quase uma dúzia delas.

— Meu Deus... — murmurou Marina a meu lado.

Claret estava olhando para a mesma direção. Reconheci o medo em seu olhar. Uma das silhuetas deu uma pancada brutal no telhado. Claret armou o percussor do revólver e apontou. A criatura continuava a bater e o vidro cederia em questão de segundos.

— Existe um túnel embaixo do fosso da orquestra, cruzando a plateia até o hall — informou Claret sem tirar os olhos da cúpula. — Lá encontrarão um alçapão embaixo da escada principal que dá para um corredor. Sigam por ali até a saída de incêndio...

— Não seria mais fácil voltar por onde viemos? — perguntei. — Pelo seu apartamento...

— Não. Eles já estiveram lá...

Marina me agarrou e puxou.

— Vamos fazer o que ele disse, Óscar.

Olhei para Claret. Em seus olhos lia-se a fria serenidade de quem vai ao encontro da morte de peito aberto. Um segundo depois, a placa de vidro da cúpula explodiu em mil pedaços e uma criatura que lembrava um lobo caiu no palco, uivando. Claret disparou em sua cabeça e acertou em cheio, mas logo acima já se recortavam as silhuetas de várias outras criaturas. Reconheci Kolvenik imediatamente no meio deles. A um sinal seu, todos deslizaram rastejando para o teatro.

Marina e eu saltamos para o fosso da orquestra e seguimos as indicações de Claret, que ficou cobrindo nossa retirada. Ouvi outro tiro, ensurdecedor. Virei uma última vez antes de entrar no estreito corredor. Um corpo envolto em farrapos ensanguentados saltou para o palco e pulou em cima de Claret. O impacto da bala abriu um buraco fumegante em seu peito, do tamanho de um punho. O corpo continuava avançando quando fechei o alçapão e empurrei Marina para dentro do corredor.

— O que vai ser de Claret?

— Não sei — menti. — Corra.

Corremos através do túnel. Não tinha mais de um metro de largura por um metro e meio de altura. Avançávamos encurvados, tocando nas paredes para não perder o equilíbrio. Tínhamos percorrido apenas alguns metros quando ouvimos passos acima de nós. Estavam nos seguindo desde o palco, rastreando nossa passagem. O eco dos tiros ficou cada vez mais intenso. Fiquei me perguntando quanto tempo e quantas balas ainda restariam para Claret, antes de ser despedaçado por aquele bando.

De repente, alguém levantou uma tábua de madeira podre bem acima da nossa cabeça. A luz penetrou como um punhal, cegando-nos, e alguma coisa caiu aos nossos pés, um peso morto. Claret. Seus olhos estavam vazios, sem vida. O cano da pistola em suas mãos ainda fumegava. Não havia marcas nem feridas aparentes em seu corpo, mas alguma coisa estava fora do lugar. Marina olhou por cima de mim e gemeu. Tinham quebrado seu pescoço com uma força brutal e seu rosto estava virado para as costas. Uma sombra nos cobriu e vi que uma borboleta negra pousava sobre o fiel amigo de Kolvenik. Distraído, não percebi a presença de Mijail até que ele atravessou a madeira amolecida e rodeou a garganta de Marina com suas garras. Levantou-a no ar, levando-a do meu lado antes que pudesse segurá-la. Gritei seu nome. E ele então falou. Nunca esquecerei aquela voz.

— Se quiser voltar a ver sua amiga em um só pedaço, traga-me o frasco.

Não consegui articular um único pensamento por vários segundos. Em seguida, a angústia me devolveu à realidade. Inclinei-me sobre o corpo de Claret e esforcei-me para pegar a arma. Os músculos de sua mão estavam agarrados a ela no espasmo final. O dedo indicador estava preso no gatilho. Retirando dedo por dedo, consegui finalmente o que queria. Abri o tambor e verifiquei que estava descarregado. Apalpei os bolsos de Claret em busca das outras balas. Encontrei a segunda carga de munição: seis balas de prata com a ponta furada no interior do paletó. O pobre homem não tivera tempo de recarregar a pistola. A sombra do amigo a quem tinha dedicado toda a existência tinha lhe arrancado a vida com um golpe seco e brutal antes que pudesse fazê-lo. Talvez, depois de tantos anos temendo aquele encontro, Claret tenha sido incapaz de atirar em Mijail Kolvenik ou no que restava dele. Isso já não tinha importância agora.

Tremendo, apoiado nas paredes, subi para o palco e fui atrás de Marina.

As balas do dr. Shelley tinham deixado um rastro de corpos sobre o palco. Outros tinham ficado presos nas lâmpadas suspensas sobre os camarotes... Luis Claret tinha arrasado a matilha de bestas que acompanhava Kolvenik. Vendo os cadáveres abatidos, criaturas monstruosas, não pude evitar de pensar que aquele era o melhor destino a que podiam aspirar. Caídos ali sem vida, a artificialidade dos enxertos e peças que os formavam ficava ainda mais evidente. Um dos corpos estava estendido sobre o corredor central da plateia, de barriga para cima, com as mandíbulas desencaixadas. Passei por cima. O vazio de seus olhos opacos me infundiu uma profunda sensação de frio. Não havia nada neles. Nada.

Fui andando até o palco e subi no tablado. A luz no camarim de Eva Irinova continuava acesa, mas não havia ninguém lá dentro. O ar cheirava a carniça. Um rastro de dedos ensanguentados marcava as velhas fotografias nas paredes. Kolvenik. Ouvi um rangido às minhas costas e virei, empunhando o revólver. Ouvi passos se afastando.

— Eva? — chamei.

Voltei ao palco e vislumbrei um círculo de luz âmbar nos balcões. Chegando mais perto, vi a silhueta de Eva Irinova. Sustentava um candelabro nas mãos e contemplava as ruínas do Gran Teatro Real. As ruínas de sua vida. Virou-se e, lentamente, levantou as chamas até as línguas puídas da cortina de veludo que pendiam dos camarotes. O tecido ressecado pegou fogo imediatamente. E assim, Eva foi semeando um rastro de fogo que rapidamente se estendeu sobre os lados dos camarotes, os esmaltes dourados das paredes e as poltronas.

— Não! — gritei.

Ela ignorou meu apelo e desapareceu pela porta que conduzia às galerias por trás dos camarotes. Em questão de segundos as labaredas se espalharam numa ferida raivosa que rastejava e engolia tudo que encontrava em sua passagem. O brilho das chamas revelou um novo rosto de Gran Teatro. Senti uma onda de calor e o cheiro de madeira e tinta queimadas me embrulhou o estômago.

Segui a ascensão das chamas com os olhos. No alto, vi a maquinária do urdimento, um sistema complexo de cordas, telas, roldanas, cenários suspensos e passarelas. Dois olhos acesos me observavam das alturas. Kolvenik. Segurava Marina com uma só mão como se fosse um brinquedo. Vi quando se deslocou entre os andaimes com uma agilidade felina. Virei e comprovei que o fogo já tinha lambido todo o primeiro andar e começava a escalar os balcões do segundo. O buraco da cúpula alimentava o fogo, como uma imensa chaminé.

Corri apressado até as escadas de madeira. Os degraus subiam em zigue-zague e estremeciam sob os meus pés. Parei na altura do terceiro andar e levantei os olhos. Tinha perdido Kolvenik de vista. Nesse exato instante, senti uma garra se cravando em meu ombro. Depois de me debater para escapar de seu aperto mortal, vi um dos monstros de Kolvenik. Os tiros de Claret tinham cortado um de seus braços, mas ele continuava vivo. Tinha uma longa cabeleira e seu rosto tinha sido um dia de uma mulher. Apontei o revólver, mas a criatura não parou. De repente, tive certeza de que já vira aquele rosto. O brilho das chamas revelou o que restava de seu olhar. Senti a garganta totalmente seca.

— María? — balbuciei.

A filha de Kolvenik ou a criatura que habitava sua carcaça, parou um instante, hesitante.

— María? — chamei de novo.

Não restava nada da aura angelical que eu recordava. Sua beleza tinha sido completamente destruída. Um monstro patético e arrepiante ocupava seu lugar. Sua pele, no entanto, ainda estava fresca. Kolvenik não tinha perdido tempo. Abaixei o revólver e tentei estender a mão para aquela pobre mulher. Talvez ainda houvesse esperança para ela.

— Não está me reconhecendo, María? Sou Óscar. Óscar Drai. Lembra-se de mim?

María Shelley olhou para mim intensamente. Por um instante, uma centelha de vida surgiu em seu olhar. Vi quando começou a chorar e levantou as mãos. Contemplou as grotescas garras de metal que brotavam de seu braço e pude ouvi-la gemer. Estendi a mão. María Shelley deu um passo atrás, estremecendo.

Uma labareda de fogo explodiu numa das barras que sustentavam a cortina principal. A peça de tecido rasgado desprendeu-se como um manto de fogo. As cordas que a sustentavam saltaram em chicotadas de chamas e a passarela sobre a qual estávamos foi atingida em cheio. Uma linha de fogo se desenhou entre nós dois. Estendi a mão de novo para a filha de Kolvenik.

— Por favor, pegue minha mão.

Ela se retirou, fugindo, o rosto coberto de lágrimas. A plataforma estalou debaixo de nós.

— María, por favor...

A criatura observou as chamas, como se tivesse visto alguma coisa nelas. Pousou em mim um último olhar que não consegui compreeender e agarrou a corda ardente que tinha ficado estendida sobre a plataforma. O fogo lambeu seu braço, seu busto, seus cabelos, sua roupa e seu rosto. Vi aquela mulher arder como se fosse uma figura de cera, até que as tábuas cederam a seus pés e seu corpo mergulhou no vazio.

Corri para uma das saídas do terceiro andar. Precisava encontrar Eva Irinova e salvar Marina.

— Eva! — gritei, quando finalmente a vi.

Ela ignorou meus gritos e continuou seu caminho. Alcancei-a na escada central de mármore. Agarrei-a pelo braço com força e consegui detê-la. Ainda tentou se livrar de mim.

— Ele está com Marina. Se não lhe der o soro, vai matá-la.

— Sua amiga já está morta. Saia daqui enquanto pode.

— Não!

Eva Irinova olhou ao redor. Espirais de fumaça deslizavam pelas escadas. Não restava muito tempo.

— Não posso ir sem ela...

— Você não entende — replicou. — Se lhe entregar o soro, ele vai matar vocês dois, nada poderá detê-lo.

— Ele não quer matar ninguém. Só quer viver.

— Você continua sem entender Kolvenik, Óscar — disse Eva. — Não há nada que possa fazer. Está tudo nas mãos de Deus.

E com essas palavras, ela se virou e se afastou.

— Ninguém pode fazer o trabalho de Deus. Nem mesmo você — argumentei, recordando suas próprias palavras.

Ela parou. Levantei a arma e fiz pontaria. O estalido do percussor ao armar se perdeu no eco da galeria e fez com que ela desse meia-volta.

— Só estou tentando salvar a alma de Mijail — disse.

— Não sei se vai poder salvar a alma de Kolvenik, mas a sua, sim.

A dama olhou para mim em silêncio, enfrentando a ameaça do revólver em minhas mãos trêmulas.

— Seria capaz de atirar em mim a sangue-frio? — perguntou.

Não respondi. Não sabia a resposta. A única coisa que ocupava minha mente era a imagem de Marina nas garras de Kolvenik e os poucos minutos que me restavam antes que as chamas abrissem definitivamente as portas do inferno sobre o Gran Teatro Real.

— Sua amiga deve significar muito para você.

Fiz que sim e tive a impressão de que aquela mulher esboçara o sorriso mais triste de sua vida.

— Ela sabe? — perguntou.

— Não sei — disse eu, sem pensar.

Concordou lentamente e vi que pegava o frasco verde-esmeralda.

— Você e eu somos iguais, Óscar. Estamos sós e condenados a amar alguém sem salvação...

Estendeu o frasco e eu abaixei a arma. Deixei-a no chão e peguei o frasco nas mãos. Enquanto o examinava, senti que tinha tirado um peso de cima de mim. Ia agradecer, mas Eva Irinova não estava mais lá. Nem o revólver.

Quando cheguei ao último andar todo o edifício agonizava aos meus pés. Corri até a extremidade da galeria em busca de uma entrada para a abóbada acima do urdimento. De repente, uma das portas voou, arrancada da moldura, envolta em chamas. Um rio de fogo inundou a galeria. Estava preso. Olhei desesperadamente ao redor e só vi uma saída: as janelas que davam para fora. Fui me aproximando dos vidros embaçados pela fumaça e vi uma estreita cornija do outro lado. O fogo abria passagem embaixo de mim. Os vidros da janela se estilhaçavam como se tivessem sido tocados pelo hálito do inferno. Minhas roupas fumegavam. Podia sentir as chamas na pele. O ar frio da noite me atingiu e vi que as ruas de Barcelona se estendiam por muitos metros sob os meus pés. A visão era estarrecedora. O fogo tinha envolvido completamente o Gran Teatro Real. Os andaimes tinham desmoronado, transformados em cinzas. A antiga fachada se erguia como um majestoso palácio barroco, uma catedral de chamas no centro do Raval. As sirenes dos bombeiros uivavam como se lamentassem a própria impotência. Ao lado da agulha de metal para a qual convergiam os nervos de aço da cúpula, Kolvenik segurava Marina.

— Marina! — berrei.

Dei um passo à frente e me agarrei instintivamente a um arco de metal para não cair. Estava em brasa. Gritei de dor e retirei a mão. A palma enegrecida fumegava. Naquele instante, um novo abalo sacudiu a estrutura e adivinhei o que ia acontecer. Com um estrondo ensurdecedor, o teatro desmoronou e só o esqueleto de metal permaneceu intacto, nu. Uma teia de aranha de alumínio estendida sobre um inferno. Bem no centro, erguia-se Kolvenik. Pude ver o rosto de Marina. Estava viva. Então, fiz a única coisa que poderia salvá-la.

Peguei o frasco e tratei de erguê-lo diante de Kolvenik. Ele afastou Marina de seu corpo, aproximando-a do precipício. Ouvi seus gritos. Em seguida, estendeu a garra aberta para o vazio. A mensagem era clara. Diante de mim uma viga se estendia, como uma ponte. Avancei para ela.

— Óscar, não! — suplicou Marina.

Cravei os olhos na estreita passarela e me aventurei. Sentia a sola dos meus sapatos se desfazendo a cada passo. O vento asfixiante que subia do fogo rugia a meu redor. Passo a passo, sem tirar os olhos da passarela, seguia como um equilibrista. Olhei para a frente e vi Marina, aterrorizada. Estava só! Corri para abraçá-la quando Kolvenik se ergueu por trás dela. Agarrou-a de novo, sustentando-a sobre o vazio. Peguei o frasco e fiz o mesmo, dando-lhe a entender que, se não soltasse Marina, lançaria o frasco nas chamas. Lembrei-me das palavras de Eva Irinova: "Ele vai matar os dois..." Então, abri o frasco e joguei duas gotinhas no abismo. Kolvenik jogou Marina contra uma estátua de bronze e pulou em cima de mim. Saltei para me esquivar e o frasco escorregou entre meus dedos.

O soro se evaporava ao contato com o metal ardente. A garra de Kolvenik o deteve quando sobravam apenas algumas gotas em seu interior. Ele fechou seu punho de metal sobre o frasco e espatifou-o. Algumas gotas verde-esmeralda escorreram de seus dedos. As chamas iluminaram seu rosto, um poço de ódio e raiva incontidos. Foi então que começou a avançar para nós. Marina agarrou minhas mãos e apertou com toda a força. Fechou os olhos e eu fiz o mesmo. Senti o fedor putrefato de Kolvenik a alguns centímetros e me preparei para sentir o impacto.

O primeiro disparo passou assobiando entre as chamas. Abri os olhos e vi a silhueta de Eva Irinova avançando, como eu tinha feito antes. Sustentava o revólver bem no alto. Uma rosa de sangue negro se abriu no peito de Kolvenik. O segundo tiro, mais próximo, destroçou uma de suas mãos. O terceiro atingiu seu ombro. Tirei Marina de lá. Kolvenik se virou para Eva Irinova, cambaleando. A dama de negro avançava lentamente. Sua arma apontava sem piedade. Ouvi Kolvenik gemer. O quarto disparo abriu um buraco em seu ventre. O quinto e último desenhou um orifício negro entre seus olhos. Um segundo mais tarde, Kolvenik caiu de joelhos. Eva Irinova deixou cair a pistola e correu para ele.

Tomou-o nos braços, acalentando-o. Os olhos dos dois voltaram a se encontrar e pude ver que ela acariciava aquele rosto monstruoso. Chorava.

— Leve sua amiga daqui — disse sem olhar para mim.

Fiz que sim. Guiei Marina através da passarela até a cornija do edifício. De lá, conseguimos chegar aos telhados do anexo, a salvo do fogo. Antes de perdê-la de vista, nos viramos. A dama negra envolvia Mijail Kolvenik em seu abraço. Suas silhuetas se recortaram entre as chamas até que o fogo as envolveu por completo. Tive a impressão de ver o rastro de suas cinzas se espalhando ao vento, flutuando sobre Barcelona até que o amanhecer as levasse para sempre.

No dia seguinte, os jornais falaram do maior incêndio da história da cidade, da velha história do Gran Teatro Real, concluindo que seu desaparecimento apagava os últimos ecos de uma Barcelona perdida. As cinzas estenderam um manto sobre as águas do porto. Continuaram caindo sobre a cidade até o pôr do sol. Fotografias tiradas de Montjuïc ofereciam a visão dantesca de uma fogueira infernal que subia aos céus. A tragédia adquiriu um novo rosto quando a polícia revelou que suspeitava que o edifício tinha sido ocupado por indigentes e que vários deles tinham ficado presos entre os escombros. Ninguém sabia nada sobre a identidade dos dois corpos carbonizados encontrados abraçados no alto da cúpula. A verdade, como tinha previsto Eva Irinova, estava sempre a salvo das pessoas.

Nenhum jornal mencionou a velha história de Eva Irinova e Mijail Kolvenik. Já não interessava a ninguém. Lembro-me daquela manhã com Marina, na frente de uma das bancas de jornal das Ramblas. A primeira página de *La Vanguardia* abria em cinco colunas:

BARCELONA ARDE!

Curiosos e madrugadores se apressavam a comprar a primeira edição, perguntando quem teria esmaltado o céu de prata. Lentamente, nos afastamos até a Plaza Cataluña, enquanto as cinzas continuavam chovendo ao nosso redor como flocos de neve morta.

25

Nos dias que se seguiram ao incêndio do Gran Teatro Real, uma onda de frio se abateu sobre Barcelona. Pela primeira vez em muitos anos, um manto de neve cobriu a cidade desde o porto até o cume do Tibidabo. Marina e eu, em companhia de Germán, passamos um Natal de silêncio e olhares esquivos. Marina mal mencionava o acontecido, e comecei a perceber que evitava minha companhia e que preferia se retirar para seu quarto para escrever. Eu matava o tempo jogando intermináveis partidas de xadrez com Germán no grande salão aquecido pela lareira. Via a neve cair e esperava o momento de ficar a sós com Marina. Um momento que não chegava nunca.

Germán fingia não perceber o que havia e tentava me animar, conversando comigo.

— Marina me disse que você quer ser arquiteto, Óscar.

E eu concordava, sem saber o que queria de fato. Passava as noites acordado, recompondo as peças da história que tínhamos vivido. Tentei afastar da minha memória o fantasma de Kolvenik e Eva Irinova. Mais de uma vez, pensei em visitar o dr. Shelley para informá-lo dos fatos, mas me faltou coragem para enfrentá-lo e dizer que tinha visto a mulher que criara como filha morrer e o melhor amigo ser devorado pelo fogo.

No último dia do ano, a frente do jardim congelou. Tive medo de que meus dias com Marina estivessem chegando ao fim. Logo teria de voltar ao internato. Passamos a noite de ano-novo à luz de velas, ouvindo as badaladas distantes dos sinos da igreja da Plaza Sarriá. Lá fora, continuava a nevar e as estrelas tinham caído do céu sem avisar. À meia-noite brindamos entre sussurros. Procurei os olhos de Marina, mas seu rosto fugiu para a penumbra. Naquela noite, tentei descobrir o que tinha feito ou dito para merecer tal tratamento.

Podia sentir a presença de Marina no quarto ao lado. Imaginava que estaria acordada, como uma ilha que se afasta na corrente. Bati na parede com os nós dos dedos. Foi em vão. Não obtive resposta.

Empacotei minha coisas e escrevi um bilhete. Nele, eu me despedia de Germán e Marina e agradecia a hospitalidade. Alguma coisa que eu não sabia explicar tinha se quebrado e eu sentia que estava sobrando naquele lugar. Ao amanhecer, deixei o bilhete na mesa da cozinha e tomei o rumo de volta para o internato. Afastando-me, tive certeza de que Marina me observava de sua janela. Dei adeus com a mão, esperando que estivesse me vendo. Meus passos deixaram um rastro na neve das ruas desertas.

Ainda faltavam alguns dias para que os outros internos retornassem. Os dormitórios do quarto andar eram lagoas de solidão. Enquanto desfazia minha bagagem, o padre Seguí me fez uma visita. Cumprimentei-o com uma cortesia formal e continuei arrumando minhas coisas.

— Gente curiosa, os suíços — disse ele. — Enquanto todo mundo tenta esconder seus pecados, eles recheiam com licor, embrulham com papel prateado, um laço e vendem a peso de ouro. O prefeito da congregação me mandou uma caixa imensa de bombons de Zurich e não tenho ninguém com quem dividi-la. Alguém vai ter de me dar uma mão antes que dona Paula os descubra...

— Conte comigo — ofereci sem muita convicção.

Seguí se aproximou e contemplou a cidade aos nossos pés, uma miragem. Virou e me observou como se estivesse lendo meus pensamentos.

— Um bom amigo me disse uma vez que os problemas são como baratas — era o tom de brincadeira que usava quando queria falar sério. — Quando à luz do dia, se assustam e fogem.

— Devia ser um amigo sábio — disse.

— Não — replicou Seguí. — Mas era um bom homem. Feliz ano-novo, Óscar.

— Feliz ano-novo, padre.

Passei aqueles dias antes do início das aulas quase sem sair do quarto. Tentava ler, mas as palavras voavam das páginas. Consumia as horas debruçado na janela, contemplando o casarão de Germán e Marina a distância. Pensei mil vezes em voltar e mais de uma vez me aventurei até a entrada da viela que levava até o portão de ferro. Não se ouvia mais o gramofone de Germán entre as árvores, só o vento entre os ramos despidos. À noite, revivia inúmeras vezes os acontecimentos da última semana, até cair exausto num sono sem repouso, febril e asfixiante.

As aulas começaram uma semana depois. Eram dias de chumbo, de janelas embaçadas de vapor e de aquecedores que gotejavam na penumbra. Meus antigos colegas e suas brincadeiras pareciam muito distantes de mim. Conversas sobre presentes, festas e lembranças que eu não podia nem queria compartilhar. Não conseguia entender que importância tinham as elucubrações de Hume ou como as equações derivadas poderiam ajudar a atrasar o relógio e mudar a sorte de Mijail Kolvenik e Eva Irinova. Ou a minha própria sorte.

A lembrança de Marina e da história horripilante que vivemos juntos me impedia de pensar, comer ou sustentar uma conversa coerente. Ela era a única pessoa com quem eu podia dividir minha angústia, e a necessidade de sua presença chegava a me causar dor física. Queimava por dentro, e nada nem ninguém conseguia me aliviar. Transformei-me numa figura triste vagando pelos corredores. Minha sombra se confundia com as paredes. Os dias caíam como folhas mortas. Esperava receber um bilhete de Marina, um sinal de que desejava me ver de novo. Uma desculpa qualquer para correr para junto dela e romper a distância que nos separava e parecia crescer a cada dia. Nunca recebi nada. Consumi as horas percorrendo os lugares onde tinha ido com Marina. Sentava nos bancos da Plaza Sarriá esperando vê-la passar...

No final de janeiro, padre Seguí me convocou para seu gabinete. Com um semblante sombrio e um olhar penetrante, perguntou o que estava acontecendo comigo.

— Não sei — respondi.

— Quem sabe conversando sobre o assunto a gente consiga descobrir do que se trata — ofereceu Seguí.

— Acho que não — disse eu, de um jeito tão brusco que me arrependi em seguida.

— Passou uma semana fora do internato, no Natal. Posso perguntar onde?

— Com minha família.

O olhar do meu tutor escureceu.

— Se vai mentir, não tem sentido continuarmos essa conversa, Óscar.

— É verdade — respondi. — Estava com a minha família...

Fevereiro trouxe o sol. As luzes do inverno derreteram aquele manto de gelo e neve que mascarava a cidade. Isso me animou e, num sábado, apareci na casa de Marina. Uma corrente prendia a fechadura do portão. Além das árvores, a velha mansão parecia mais abandonada do que nunca. Por um instante, pensei que tinha perdido a razão. Será que tinha imaginado tudo aquilo? Os habitantes daquela residência fantasmagórica, a história de Kolvenik e da dama de negro, o inspetor Florián, Luis Claret, as criaturas ressuscitadas... personagens que a mão negra do destino fizera desaparecer um por um... Teria sonhado Marina e sua praia encantada?

"A gente só se lembra do que nunca aconteceu..."

Acordei no meio da noite, gritando, coberto de suor frio e sem saber onde estava. Tinha retornado em sonhos aos túneis de Kolvenik. Seguia Marina sem conseguir alcançá-la até dar com ela coberta por um manto de mariposas negras. E quando elas finalmente levantavam voo, deixavam atrás de si apenas o vazio. Frio. Sem explicação. O demônio destruidor que obcecava Kolvenik. O nada depois da última escuridão.

Quando padre Seguí e meu colega JF correram para o quarto alertados pelos gritos, demorei alguns segundos para reconhecê-los. Seguí tomou meu pulso, enquanto JF observava consternado, convencido de que seu amigo tinha perdido completamente o juízo. Não saíram do meu lado até eu adormecer de novo.

No dia seguinte, depois de dois meses sem ver Marina, resolvi voltar ao casarão de Sarriá. Não descansaria enquanto não me dessem alguma explicação.

26

Era um domingo nublado. As sombras das árvores desenhavam figuras esqueléticas com seus galhos secos. Os sinos da igreja marcavam o ritmo de meus passos. Parei na frente do portão que me impedia de entrar. Mas dessa vez vi marcas de pneus sobre a folharada do chão e fiquei me perguntando se Germán teria tirado o velho Tucker da garagem novamente. Penetrei como um ladrão, pulando a grade do portão, e atravessei o jardim.

A silhueta do casarão se erguia no mais completo silêncio, mais escura e desolada do que nunca. No meio do matagal, reconheci a bicicleta de Marina, caída como um animal ferido. A corrente estava enferrujada, o guidom carcomido pela umidade. Contemplei aquele cenário e tive a impressão de que estava diante de uma ruína, onde só viviam velhos móveis e ecos invisíveis.

— Marina? — chamei.

O vento carregou minha voz. Dei a volta na casa até a porta dos fundos que se comunicava com a cozinha. Estava aberta. A mesa, vazia e coberta por uma camada de poeira. Entrei nos quartos. Silêncio. Cheguei ao grande salão dos quadros. A mãe de Marina me olhava em cada um deles, mas para mim eram os olhos de Marina... Foi então que ouvi um choro às minhas costas.

Germán estava encolhido numa das poltronas, imóvel como uma estátua, apenas as lágrimas insistiam em seu movimento. Nunca tinha visto um homem de sua idade chorar daquele jeito. Meu sangue ficou gelado. Estava pálido. Emagrecido. Tinha envelhecido muito desde a última vez que o vira. Vestia um dos ternos de gala que eu conhecia, mas estava amassado e sujo. Há quantos dias estaria ali, perguntei a mim mesmo. Quantos dias naquela poltrona.

Ajoelhei na frente dele e segurei sua mão.

— Germán...

Sua mão estava tão fria que me assustou. De repente, o pintor me abraçou, tremendo como um menino. Senti a boca secar. Abracei-o também, apoiando-o enquanto chorava em meu ombro. Temia que os médicos tivessem lhe anunciado o pior, que a esperança daqueles meses tivesse virado fumaça e deixei que desabafasse, perguntando-me onde estaria Marina: por que não estava ali com Germán?

Foi então que o velho pintor levantou os olhos. Bastou ver aquele olhar para entender toda a verdade. E entendi com a brutal clareza com que os sonhos se desfazem no ar. Como um punhal frio e envenenado que se crava na alma sem remédio.

— Onde está Marina? — perguntei, quase sem voz.

Germán não conseguiu articular palavra. Não precisava. Soube por seus olhos que as consultas de Germán no hospital de San Pablo eram falsas. Soube que o médico de La Paz nunca tinha examinado o pintor. Soube que a alegria e a esperança de Germán ao regressar de Madri nada tinham a ver com ele mesmo. Marina tinha me enganado desde o começo.

— O mal que levou a mãe dela, amigo Óscar... — murmurou Germán — está levando também a minha Marina...

Senti minhas pálpebras se fecharem como lápides e, lentamente, o mundo se desfazer a meu redor. Germán me abraçou de novo e ali, naquela sala desolada de um velho casarão, chorei com ele como um pobre infeliz, enquanto a chuva começava a cair sobre Barcelona.

Visto de dentro do táxi, o hospital de San Pablo parecia uma cidade suspensa nas nuvens, todo torres afiladas e cúpulas impossíveis. Germán tinha se enfiado num terno limpo e viajava a meu lado em silêncio. Eu segurava um presente embrulhado com o papel mais reluzente que pude achar. Quando cheguei, o médico que cuidava de Marina, um tal Damián Rojas, me olhou de cima a baixo e me deu uma série de instruções. Não devia cansar Marina. Tinha de ser positivo e otimista. Era ela quem precisava da minha ajuda e não o inverso. Não estava ali para chorar ou me lamentar. Estava ali para ajudá-la. Se não me sentia capaz de seguir essas normas, era melhor que nem me desse ao trabalho de voltar. Damián Rojas era um médico jovem e seu jaleco ainda cheirava a faculdade. Seu tom era severo, e ele usou pouquíssima cortesia comigo. Em outras circunstâncias, pensaria que não passava de um cretino arrogante, mas alguma coisa nele me dizia que ainda não tinha aprendido a se distanciar da dor de seus pacientes e que aquela atitude era apenas uma forma de sobreviver.

Subimos ao quarto andar e seguimos por um longo corredor que parecia não ter fim. Tinha cheiro de hospital, uma mistura de doença, desinfetante e odorizador de ambiente. Aquele pouco de coragem que me restava no corpo escapou num suspiro assim que pus os pés naquela ala do edifício. Germán entrou primeiro no quarto. Pediu que esperasse ali fora enquanto anunciava minha visita a Marina. Desconfiei que Marina preferia que não a visse naquele lugar.

— Deixe-me falar com ela primeiro, Óscar...

Esperei. O corredor era uma galeria infinita de portas e vozes perdidas. Rostos carregados de dor e perda se cruzavam em silêncio. Repeti várias vezes as instruções do dr. Rojas. Estava ali para ajudar. Finalmente, Germán apareceu na porta e fez que sim. Engoli em seco e entrei. Germán ficou do lado de fora.

O quarto era um longo retângulo onde a luz se evaporava antes do tocar o solo. Nos vidros das janelas, a avenida de Gaudí se estendia até o infinito. As torres do templo da Sagrada Família cortavam o céu em dois. Havia quatro camas separadas por ásperas cortinas. Através delas, dava para ver as silhuetas dos outros visitantes, como num espetáculo de sombras chinesas. Marina ocupava a última cama à direita, perto da janela.

Sustentar seu olhar naqueles primeiros minutos foi o mais difícil. Seu cabelo estava cortado como o de um menino. Sem a longa cabeleira, Marina me pareceu humilhada, nua. Mordi a língua com força para afastar as lágrimas que me vinham diretamente da alma.

— Tiveram de cortar... — disse, adivinhando. — Para os exames.

Vi que tinha marcas no pescoço e na nuca que doíam só de olhar. Tentei sorrir e estendi meu presente.

— Pois eu gostei — comentei com um aceno.

Ela aceitou o embrulho, mas o deixou no colo. Aproximei-me e sentei junto dela em silêncio. Ela pegou minha mão e apertou com força. Tinha perdido peso. Dava para ver cada costela sob a camisola branca do hospital. Dois círculos escuros cercavam seus olhos. Seus lábios eram linhas finas e ressecadas. Seus olhos cor de cinza não brilhavam mais. Com mãos inseguras abriu o embrulho e descobriu um livro. Folheou e levantou os olhos, intrigada.

— Todas as páginas estão em branco...

— Por enquanto — repliquei. — Temos uma boa história para contar e agora você já tem a base.

Apertou o livro contra o peito.

— O que achou de Germán? — perguntou.

— Bem — menti. — Cansado, mas bem.

— E você, como vai?

— Eu?

— Não, eu. Quem poderia ser?

— Estou bem.

— Imagino... sobretudo depois da ladainha do sargento Rojas....

Levantei as sobrancelhas como se não tivesse a menor ideia do que ela estava dizendo.

— Senti sua falta — disse ela.

— Eu também.

Nossas palavras ficaram suspensas no ar. Por um longo instante, ficamos nos olhando em silêncio. Vi a fachada de Marina desmoronando aos poucos.

— Tem todo o direito de me odiar — disse ela, então.

— Odiar? Por que ia odiar você?

— Porque menti — disse Marina. — Quando veio devolver o relógio de Germán, eu já sabia que estava doente. Fui egoísta, quis ter um amigo... e creio que nos perdemos no caminho.

Desviei os olhos para a janela.

— Não, não odeio você.

Marina apertou minha mão de novo, se ergueu um pouco e me abraçou.

— Obrigada por ser o melhor amigo que já tive — sussurrou ao meu ouvido.

Senti minha respiração se interromper. Quis sair correndo de lá. Marina me apertou com força e rezei pedindo para que não notasse que eu estava chorando. O dr. Rojas me tiraria o couro.

— Se me odiar só um pouquinho, o dr. Rojas não vai se importar — disse ela. — Com certeza, deve fazer bem aos glóbulos brancos ou algo assim.

— Então só um pouquinho.

— Obrigada.

27

Nas semanas que se seguiram, Germán Blau se tornou meu melhor amigo. Logo depois das aulas do internato, às cinco e meia da tarde, eu corria para encontrar o velho pintor. Pegávamos um táxi até o hospital e passávamos o resto da tarde com Marina, até as enfermeiras nos expulsarem de lá. Naqueles passeios de Sarriá à avenida de Gaudí, aprendi que Barcelona pode ser a cidade mais triste do mundo no inverno. As histórias de Germán e suas lembranças passaram a ser minhas também.

Nas longas esperas nos corredores desolados do hospital, Germán me confessou intimidades que nunca tinha partilhado com ninguém além da esposa. Falou dos anos com seu mestre, Salvat, do casamento, e contou que só a companhia de Marina lhe dera forças para sobreviver à perda da mulher. Falou de suas dúvidas e medos, disse que a vida tinha lhe ensinado que todas as certezas que temos não passam de simples ilusão e que existem muitas lições que não vale a pena aprender. Eu também consegui falar sem rodeios pela primeira vez: falei de Marina, dos meus sonhos como futuro arquiteto, mesmo naqueles dias em que tinha deixado de acreditar no futuro. Falei da minha solidão, contei que, antes de encontrá-los, vivia com a sensação de estar perdido no mundo por casualidade. Falei do meu temor de ficar assim de novo se os perdesse. Germán ouvia, Germán me entendia. Sabia que minhas palavras não eram mais do que uma tentativa de esclarecer meus próprios sentimentos e me deixava falar.

Guardo uma lembrança especial de Germán Blau e do dia que partilhamos em sua casa e nos corredores do hospital. Os dois sabíamos que só Marina nos unia e que, em outras circunstâncias, nunca teríamos trocado uma palavra sequer. Sempre pensei que Marina era quem era graças a ele e não tenho a menor dúvida de que o pouco que sou, devo também a ele, mais do que gostaria de admitir. Guardo seus conselhos e suas palavras a sete chaves no cofre da memória, convencido de que algum dia eles vão me servir para responder a meus próprios medos e dúvidas.

Naquele mês de março choveu quase todos os dias. Marina estava escrevendo a história de Kolvenik e Eva Irinova no livro que eu lhe dera de presente, enquanto dezenas de médicos e enfermeiros iam e vinham com testes, exames e mais testes e mais exames. Foi então que recordei a promessa que tinha feito a Marina certa vez, no teleférico de Vallvidrera, e comecei a trabalhar na catedral. Sua catedral. Achei na biblioteca do internato um livro sobre a catedral de Chartres e comecei a desenhar as peças do modelo que queria construir. Primeiro, recortei cada uma em cartolina. Depois de mil tentativas, que quase me convenceram que nunca seria capaz de desenhar nem uma simples cabine telefônica, encarreguei um carpinteiro da calle Morgenat de recortar minhas peças em madeira.

— O que está pretendendo construir, rapaz? — perguntava ele, intrigado. — Um radiador?

— Uma catedral.

Marina me observava com curiosidade enquanto erguia sua pequena catedral no parapeito da janela. Às vezes, brincava de um jeito que me deixava sem dormir por dias.

— Pra que tanta pressa, Óscar? — perguntava. — Até parece que acha que vou morrer amanhã.

Minha catedral começou a ficar popular entre os outros pacientes da enfermaria e seus visitantes. Dona Carmen, uma sevilhana de 84 anos que ocupava a cama ao lado, lançava olhares descrentes. Tinha uma fortaleza de caráter capaz de arrasar um exército e um traseiro do tamanho de uma caminhonete. Regia o pessoal do hospital a golpes de apito. Tinha sido camelô, cançonetista e dançarina ou, como dizia ela, *cupletera* e *bailaora*, contrabandista, cozinheira, tabaqueira e Deus sabe mais o quê. Tinha enterrado dois maridos e três filhos. Duas dezenas de netos, sobrinhos e demais parentes vinham visitá-la e adorá-la. Ela colocava todo mundo na linha, dizendo que lamentações são para os tolos. Sempre tive a impressão de que dona Carmen tinha se enganado de século e que, se estivesse ali na hora certa, Napoleão nunca teria cruzado os Pirineus. Todos os presentes, com exceção do diabetes, concordavam comigo.

Do outro lado do quarto ficava Isabel Llorente, uma dama com jeito de modelo que falava em sussurros e parecia fugida de uma revista de moda de antes da guerra. Passava o dia inteiro maquiando-se e olhando-se num pequeno espelho para ajeitar a peruca. A quimioterapia deixara sua cabeça igual a uma bola de bilhar, mas ela estava convencida de que ninguém tinha notado. Descobri que tinha sido Miss Barcelona em 1934 e namorada de um prefeito da cidade. Falava sempre de um romance com um espião que a qualquer momento apareceria para resgatá-la daquele lugar horrível em que estava confinada. Dona Carmen revirava os olhos cada vez que a ouvia. Nunca recebia visitas e bastava lhe dizer que estava linda para que passasse uma semana sorrindo. Numa tarde de quinta-feira no final do mês de março, chegamos à enfermaria e encontramos sua cama vazia. Isabel Llorente tinha falecido pela manhã, sem dar tempo para que seu galã viesse salvá-la.

A outra paciente da enfermaria era Valeria Astor, uma menina de 9 anos que respirava graças a uma traqueotomia. Sempre sorria para mim quando eu chegava. Sua mãe passava todas as horas permitidas a seu lado e, quando não a deixavam ficar, dormia nos corredores. Envelhecia um mês a cada dia. Valeria sempre me perguntava se minha amiga era escritora e eu dizia que sim e que, além do mais, era muito famosa. Uma vez perguntou — nunca saberei por que — se eu era da polícia. Marina costumava lhe contar histórias que ia inventando à medida que contava. Suas favoritas eram as de fantasmas, princesas e locomotivas, nessa ordem. Dona Carmen ouvia as histórias de Marina e ria de bom grado. A mãe de Valeria, uma mulher consumida e desesperadamente humilde, cujo nome nunca consegui lembrar, tricotou um xale de lã para Marina como agradecimento.

O dr. Damián Rojas passava lá várias vezes por dia. Com o tempo, acabei simpatizando com ele. Descobri que tinha sido aluno do meu internato anos atrás e que quase entrara para o seminário. Tinha uma namorada deslumbrante, chamada Lulú. Lulú exibia uma coleção de minissaias e meias de seda preta de tirar o fôlego. Costumava visitá-lo aos sábados e muitas vezes passava para cumprimentar e perguntar se o bruto do seu namorado estava se comportando bem. Eu sempre ficava vermelho como um pimentão quando Lulú me dirigia a palavra. Marina ria de mim, dizendo que, se não parasse de olhar para ela, ia ficar com cara de perdigueiro. Lulú e o dr. Rojas se casaram em abril. Quando o médico voltou de sua breve lua de mel em Minorca, uma semana depois, estava um fiapo. As enfermeiras caíam na risada só de olhar para ele.

Por alguns meses, aquele foi o meu mundo. As aulas do internato eram um entreato que passava em branco. Rojas estava otimista quanto ao estado de Marina. Dizia que era forte, jovem e que o tratamento estava dando resultado. Germán e eu não sabíamos como agradecer. Trazíamos os mais variados presentes: charutos, gravatas, livros e até uma caneta Mont Blanc. Ele protestava, argumentando que só estava fazendo o seu trabalho, mas nós dois víamos que passava mais tempo naquela enfermaria do que qualquer outro médico.

No final de abril, Marina ganhou um pouco de peso e de cor. Dávamos pequenos passeios pelo corredor e, quando o frio começou a emigrar, saíamos um pouco para a varanda envidraçada do hospital. Marina continuava a escrever no livro que eu lhe dera, mas não me deixava ler uma linha.

— Em que parte está?

— Que pergunta mais boba!

— Os bobos fazem perguntas bobas. Os espertos respondem. Em que parte está?

Mas ela não dizia. Intuí que escrever a história que tínhamos vivido tinha um significado especial para ela. Num dos nossos passeios pela varanda do hospital, ela disse algo que me deixou arrepiado.

— Prometa que, se alguma coisa acontecer comigo, vai terminar a história.

— Você mesma vai terminar — repliquei — e além disso vai escrever uma dedicatória para mim.

Enquanto isso, a pequena catedral de madeira crescia e, embora dona Carmen dissesse que parecia o incinerador de lixo de San Adrián del Besós, a agulha da cúpula já estava lá, perfeitamente aprumada. Germán e eu começamos a fazer planos de levar Marina para um passeio em seu lugar favorito, aquela praia secreta entre Tossa e Sant Feliu de Guíxols, assim que pudesse sair do hospital. O dr. Rojas, sempre prudente, disse que a data mais provável seria meados de maio.

Naquelas semanas, aprendi que é possível viver de esperanças e nada mais.

O dr. Rojas defendia que Marina passasse o maior tempo possível caminhando e fazendo exercício dentro dos limites do hospital.

— Arrumar-se um pouco também ia lhe fazer bem — disse.

Desde o casamento, o dr. Rojas tinha virado um especialista em coisas femininas, ao menos era o que ele pensava. Num sábado, mandou que eu saísse com Lulú para comprar um penhoar de seda para Marina. Era um presente, que fez questão de pagar do próprio bolso. Fui com Lulú a uma loja de lingerie na Rambla de Cataluña, perto do cine Alexandra. As vendedoras conheciam Lulú. Segui atrás dela pela loja inteira, observando como manuseava um sem-

-fim de sutiãs e corpetes que deixavam a imaginação de qualquer um a mil. Aquilo era infinitamente mais estimulante que xadrez.

— Será que sua namorada vai gostar disso? — perguntava Lulú, passando a língua nos lábios brilhantes de batom.

Não expliquei que Marina não era minha namorada. Fiquei orgulhoso ao ver que ela pensava que fosse. Além do mais, a experiência de comprar roupa de baixo feminina com Lulú era tão embriagante que me limitei a balançar a cabeça como um bobo. Quando contei a Germán, ele riu muito e confessou que também achava a esposa do médico altamente perigosa para a saúde. Era a primeira vez em meses que o via rir.

Numa manhã de sábado, enquanto nos preparávamos para ir para o hospital, Germán me pediu que fosse até o quarto de Marina tentar encontrar um vidrinho de seu perfume favorito. Enquanto procurava nas gavetas da cômoda, encontrei uma folha de papel dobrada no fundo de uma delas. Abri e, na mesma hora, reconheci a letra de Marina. Falava de mim. Estava cheia de borrões e parágrafos riscados. Só estas linhas tinham sobrevivido:

Meu amigo Óscar é um desses príncipes sem reino que andam por aí esperando que você o beije para se transformar em sapo. Entende tudo ao contrário, acho que é por isso que gosto tanto dele: as pessoas que acham que entendem tudo direito acabam fazendo tudo às avessas, e isso, vindo de alguém que vive metendo os pés pelas mãos, é muita coisa. Ele olha para mim e pensa que não estou vendo. Imagina que vou evaporar se ele me tocar e que, se não me tocar, quem vai evaporar é ele. Óscar me colocou num pedestal tão alto que não sabe mais como subir. Acha que meus lábios são a porta do paraíso, mas não sabe que estão envenenados. Sou tão covarde que, para não perdê-lo, não digo nada. Finjo que não estou notando e que vou mesmo evaporar...

Meu amigo Óscar é desses príncipes que deveriam se manter afastados dos contos de fada e das princesas que guardam. Não sabe que é o príncipe azul quem tem de beijar a bela adormecida para que ela desperte de seu sono eterno, mas isso acontece porque Óscar não sabe que todos os contos são mentiras, embora nem todas as mentiras sejam contos. Os príncipes não são encantados e as adormecidas, embora belas, nunca despertam de seu sono. É o melhor amigo que tive na vida e se algum dia eu der de cara com Merlin, vou agradecer por ter colocado Óscar em meu caminho.

Guardei a folha e desci para encontrar Germán. Ele pusera uma gravata especial e estava mais animado do que nunca. Sorriu e devolvi seu sorriso. Naquele dia, por todo o caminho o táxi resplandecia sob o sol. Barcelona em trajes de gala deixava embasbacados os turistas e as nuvens, que também paravam para admirá-la. Nada disso conseguiu apagar a inquietação que aquelas linhas tinham gravado em minha mente. Era o primeiro dia de maio de 1980.

28

Naquela manhã encontramos a cama de Marina vazia, sem lençóis. Não havia sinal nem da catedral, nem das coisas dela. Quando me virei, Germán já tinha saído correndo em busca do dr. Rojas. Fui atrás dele também. Estava em seu consultório com cara de quem não tinha dormido.

— Ela teve uma recaída — disse sucintamente.

Explicou que na noite anterior, cerca de duas horas depois que tínhamos saído, Marina tivera uma crise de insuficiência respiratória e seu coração ficara parado por 34 segundos. Conseguiram reanimá-la e agora ela estava na unidade de terapia intensiva, inconsciente. Seu estado era estável e Rojas acreditava que poderia sair da UTI em 24 horas, embora não quisesse criar falsas esperanças. Notei que as coisas de Marina, seu livro, a catedral de madeira e aquele penhoar que nunca chegou a estrear estavam no parapeito da janela do consultório.

— Posso ver minha filha? — perguntou Germán.

Rojas nos acompanhou pessoalmente até a UTI. Marina estava presa numa bolha de tubos e máquinas de aço mais monstruosa e mais real que qualquer das invenções de Mijail Kolvenik. Jazia ali como um pedaço de carne sustentado por magias de metal. Então, pude ver o verdadeiro rosto do demônio que atormentava Kolvenik e compreendi sua loucura.

Lembro que Germán caiu em prantos e que uma força incontrolável me tirou daquele lugar. Corri sem parar, sem fôlego até chegar às ruas barulhentas, repletas de rostos anônimos que ignoravam meu sofrimento. Ao meu redor, vi um mundo para o qual a sorte de Marina não tinha nenhuma importância. Um universo no qual sua vida era uma simples gota d'água entre as ondas. Só me ocorreu um lugar para onde ir.

* * *

O velho edifício das Ramblas continuava ali, em seu poço de escuridão. O dr. Shelley abriu a porta sem me reconhecer. O apartamento estava coberto de escombros e fedia a velho. O médico me olhou com olhos desfocados, longínquos. Acompanhei-o até o gabinete e ajudei-o a sentar junto da janela. A ausência de María flutuava no ar e queimava. Toda a altivez e o mau humor do médico tinham desaparecido. Nele restava apenas um pobre velho, sozinho e desesperado.

— Ele levou María — disse. — Levou María.

Esperei respeitosamente que se tranquilizasse. Afinal, levantou os olhos e me identificou. Perguntou o que desejava e eu disse. Examinou-me detidamente.

— Não sobrou nenhum frasco do soro de Mijail. Foram destruídos. Não posso lhe dar o que não tenho. E se pudesse, seria um favor inútil. E você cometeria um erro se o usasse em sua amiga. O mesmo erro que Mijail cometeu...

Suas palavras demoraram a fazer sentido. Só temos ouvidos para o que queremos ouvir, e eu não queria ouvir aquilo. Shelley sustentou meu olhar sem pestanejar. Suspeitei que reconhecera meu desespero e estava assustado com as recordações que lhe trazia. A mim, me surpreendeu constatar que, se dependesse de mim, teria tomado o caminho escolhido por Kolvenik sem pestanejar. Nunca mais voltaria a julgá-lo.

— O território dos seres humanos é a vida — disse o médico. — A morte não nos pertence.

De repente, notei que estava muito cansado. Queria me render e não sabia a quem. Virei-me para ir embora. Antes que saísse, Shelley me chamou de novo.

— Você estava lá, não estava? — perguntou.

Fiz que sim.

— María morreu em paz, doutor.

Vi seus olhos brilharem de lágrimas. Estendeu a mão, que apertei.

— Obrigado.

Nunca mais o vi.

No final daquela mesma semana, Marina recobrou a consciência e saiu da UTI. Foi para um quarto no segundo andar que dava para Horta. Estava sozinha. Não escrevia mais no caderno e mal podia se inclinar para ver sua catedral quase terminada na janela. Rojas pediu permissão para realizar uma última bateria de exames. Germán permitiu. Ele ainda tinha esperanças. Quando

Rojas anunciou os resultados em seu consultório, sua voz se rompeu. Depois de meses de luta, curvou-se diante da evidência. Germán abraçou-o, batendo delicadamente em seu ombro.

— Não posso fazer mais nada... mais nada... Perdoe-me — gemia Damián Rojas.

Dois dias depois, levamos Marina de volta para Sarriá. Os médicos já não podiam fazer mais nada por ela. Antes, nos despedimos de dona Carmen, Rojas e Lulú, que não parava de chorar. A pequena Valeria perguntou para onde estávamos levando minha namorada, a famosa escritora, e se ela não ia mais poder lhe contar histórias.

— Para casa. Estamos levando Marina para casa.

Deixei o internato na segunda-feira, sem avisar ou dizer a ninguém para onde ia. Nem sequer pensei que dariam pela minha ausência. Pouco me importava. Meu lugar era junto de Marina. Ela ficou instalada em seu quarto. Sua catedral, já terminada, lhe fazia companhia da janela. Aquele foi o melhor edifício que já construí. Germán e eu nos revezávamos para estar com ela as 24 horas do dia. Rojas tinha dito que não sofreria, que se apagaria lentamente como uma chama ao vento.

Marina nunca me pareceu mais linda do que naqueles últimos dias no casarão de Sarriá. O cabelo tinha voltado a crescer, mais brilhante do que antes, com mechas brancas de prata. Até os olhos estavam mais luminosos. Eu mal saía daquele quarto. Queria saborear cada hora, cada minuto que me restava a seu lado. Muitas vezes, passávamos horas abraçados sem dizer nada, sem nos movermos. Certa noite, era uma quinta-feira, Marina me beijou na boca e sussurrou no meu ouvido que me amava e que, não importa o que acontecesse, me amaria para sempre.

Morreu ao amanhecer do dia seguinte, em silêncio, tal como tinha dito Rojas. Ao amanhecer, com as primeiras luzes, Marina apertou minha mão com força, sorriu para o pai e a chama de seus olhos se apagou para sempre.

Fizemos a última viagem com Marina no velho Tucker. Germán dirigiu em silêncio até a praia, tal como tínhamos feito meses atrás. Era um dia tão luminoso que quis acreditar que o mar que ela tanto amava tinha se vestido de festa para recebê-la. Estacionamos entre as árvores e caminhamos até a beira para espalhar suas cinzas.

Na volta, Germán, que tinha se quebrado por dentro, confessou que não ia conseguir dirigir até Barcelona. Abandonamos o Tucker entre os pinheiros. Um grupo de pescadores que passavam pela estrada concordaram em nos deixar perto da estação de trem. Quando chegamos à estação de Francia, em Barcelona, fazia sete dias que eu estava desaparecido. Para mim, pareciam sete anos.

Germán e eu nos despedimos com um abraço na plataforma da estação. Nesse momento, desconheço o rumo que seu destino tomou. Sabíamos que não podíamos nos olhar nos olhos de novo sem ver Marina refletida dentro deles. Fiquei observando enquanto se afastava. Um traço se perdendo na fumaça do tempo. Pouco depois, um policial à paisana me reconheceu e perguntou se meu nome era Óscar Drai.

Epílogo

A Barcelona da minha juventude não existe mais. Suas ruas e sua luz se foram para sempre e vivem apenas nas lembranças. Quinze anos depois, voltei à cidade e percorri os cenários que cheguei a acreditar que tinham sido varridos da minha memória. Fiquei sabendo que o casarão de Sarriá tinha sido demolido. As ruas que o cercavam fazem parte agora de uma rodovia pela qual, segundo dizem, corre o progresso. O velho cemitério continua lá, acho eu, perdido na névoa. Sentei naquele banco da praça que tantas vezes dividi com Marina. Reconheci ao longe a silhueta do meu antigo colégio, mas não me atrevi a me aproximar. Alguma coisa me dizia que, se o fizesse, minha juventude ia se evaporar para sempre. O tempo não nos torna mais sábios, apenas mais covardes.

Por anos, fugi sem saber do que fugia. Pensei que, se corresse mais do que o horizonte, as sombras do passado se afastariam do meu caminho. Pensei que, se a distância fosse suficiente, as vozes de minha memória se calariam para sempre. Voltei, por fim, àquela praia secreta diante do Mediterrâneo. A capela de Sant Elm se erguia a distância, sempre vigilante. Encontrei o velho Tucker do meu amigo Germán. Curiosamente, continua lá, em seu destino final, no meio dos pinheiros.

Desci até a beira da praia e sentei na areia onde anos atrás tinha espalhado as cinzas de Marina. A mesma luz daquele dia incendiou o céu e senti sua presença, intensa. Compreendi que não podia fugir mais, e nem queria. Tinha voltado para casa.

Em seus últimos dias, prometi a Marina que, caso ela não pudesse fazê-lo, terminaria de escrever esta história. Aquele livro em branco que lhe dei de presente me acompanhou por todos esses anos. Suas palavras serão as minhas. Não sei se serei capaz de cumprir minha promessa. Às vezes duvido de minha memória e me pergunto se serei capaz de recordar o que nunca aconteceu.

Marina, você levou todas as respostas consigo.

CARLOS RUIZ ZAFÓN nasceu em 25 de setembro de 1964, em Barcelona, cenário de seus romances *A Sombra do Vento* e *O Jogo do Anjo*, mas vive desde 1993 em Los Angeles, onde trabalha como roteirista. Nos anos 1990, escreveu a trilogia infantojuvenil composta por *O Príncipe da Névoa* (1993), *O Palácio da Meia-noite* (1994) e *As Luzes de Setembro* (1995), além de *Marina* (1999). Lançado originalmente em 2001, *A Sombra do Vento* vendeu mais de 10 milhões de exemplares em todo o mundo.

Este livro foi impresso na
LIS GRÁFICA E EDITORA LTDA.
Rua Felício Antônio Alves, 370 – Bonsucesso
CEP 07175-450 – Guarulhos – SP
Fone: (11) 3382-0777 – Fax: (11) 3382-0778
lisgrafica@lisgrafica.com.br – www.lisgrafica.com.br